W0322317

Aus dem Koma

Thriller

von

Siegfried Langer

Über den Inhalt:

Alle Erinnerungen an mein bisheriges Leben sind ausgelöscht.
Ich weiß nicht mehr, wer ich bin und wie ich heiße.

Eine attraktive Frau, die sich als meine Freundin ausgibt, kümmert sich liebevoll um mich. Doch ich spüre, dass sie mir nicht die Wahrheit erzählt und dass unsere Liebe ein dunkles Geheimnis birgt.
Ein Psychologe, der mir helfen soll, Licht ins Dunkel zu bringen, schafft lediglich eine Vielzahl neuer Rätsel.
Ein Kommissar drängt darauf, mich wegen eines Mordes zu vernehmen. Als Zeuge? Oder als Verdächtiger?

Doch nicht nur mein Gedächtnis spielt mir Streiche, sondern zudem auch meine Wahrnehmung.
Ich kann niemandem vertrauen, am wenigsten mir selbst ...

Über den Autor:

Siegfried Langer wurde 1966 in Memmingen geboren und ist 2014 - nach 18 Jahren in Berlin - wieder in seine Heimatstadt zurückgekehrt.

Veröffentlichungen:
'Zwanzig Sekunden Ewigkeit' (Self Publishing, 2016)
'Sterbenswort' (Ullstein Verlag, 2012; Neuauflage Amazon Publishing, 2016)
'Berlin Ripper' - Privatdetektivin Sabrina Lampe Band 3 (Self Publishing, 2016)
'Vergelte!' - Privatdetektivin Sabrina Lampe Band 2 (Amazon Publishing, 2015)
'Leide!' - Privatdetektivin Sabrina Lampe Band 1 (Self Publishing / Münchner Verlagsgruppe, 2014)
'Nachschlag' (U-line Verlag, 2013; Neuauflage Self Publishing, 2015)
'Vater, Mutter, Tod' (Ullstein Verlag, 2011)
'Alles bleibt anders' (Atlantis Verlag, 2008)

Jeder Roman ist in sich abgeschlossen und kann unabhängig von den anderen gelesen werden.
Nähere Infos zum Autor und seinen Romanen finden Sie auf www.siegfriedlanger.de

© 2017 by
Siegfried Langer
Freudenthalstr. 35
87700 Memmingen
www.siegfriedlanger.de
mail@siegfriedlanger.de

Lektorat:
Monika Reichert
Markus Collet

Titelbild und Typographie:
Mike Beuke
(unter Verwendung eines Bildes
von „lightwise“ via 123rf.com)

Konvertierung:
Mike Beuke
www.coolcad.de

I. Teil
Das Krankenhaus

1. Kapitel

Ich wusste nicht mehr, wie ich hieß.
Auch die Frau, die neben meinem Krankenbett saß und sagte, sie sei meine Freundin, erkannte ich nicht.
Doch mein Herz signalisierte mir klar und deutlich, dass ich sie liebte. Trotz allem. Immer noch.
Dass sie weinte und ich nicht in der Lage war, sie zu trösten, stimmte mich traurig. Tapfer streichelte sie meine rechte Hand, die auf der Bettdecke ruhte.
Im Handrücken der Linken steckte ein Infusionsschlauch, der mich mit Medikamenten versorgte.
Es kribbelte in meinem Magen.
War der liebevolle Blick der Fremden die Ursache dafür oder doch eher das einsetzende Hungergefühl? Denn bis gestern Morgen hatte ich noch über eine Sonde meine Nahrung erhalten, danach lediglich Suppe - so dünn und geschmacklos, dass sie ihren Namen nicht verdient hatte.
„Susanne“, flüsterte ich leise und strengte mich dabei so wenig an wie nur eben möglich. Kurz stahl sich ein Lächeln in ihr Gesicht. Vermutlich hoffte sie, dass ich mich endlich an sie erinnerte, doch wiederholte ich lediglich den Namen, mit dem sie sich vorgestellt hatte.
„Sebastian“, fuhr ich fort. Doch der Name, der der meine sein sollte, löste genauso wenig in mir aus wie der meiner mutmaßlichen Lebensgefährtin.
Susanne blickte mich hoffnungsvoll-fragend an, aber ich schüttelte lediglich den Kopf.
Sogleich stellte sich wieder dieses Pochen in meinem Schädel ein. Ich zog meine Rechte unter Susannes Hand hervor und tastete nach dem Verband an meiner Stirn.
„Du musst deinen Kopf ruhig halten, Schatz. Möglichst wenig bewegen, hat Dr. Lorenz gesagt.“
Dr. Lorenz, ein weiterer Fremder. Meine Erinnerung an ihn reichte nur wenig weiter zurück als die an Susanne.
„Es ist alles im Moment etwas viel für dich, Schatz.“

Ja, das war es.
Alles, was länger als ein paar Stunden zurücklag, war aus meinem Gedächtnis verschwunden.
Ausgetilgt. Gelöscht. Einfach weg.
Dagegen konnte ich alles, was mich umgab, beim korrekten Namen nennen: Krankenhausbett, Fenster, Tablettenblister, Kanüle. Sämtliche persönlichen Angelegenheiten jedoch blieben in der Finsternis verschwunden.
„Was ist passiert?“, fragte ich.
Das Sprechen schmerzte sehr und klappte nur langsam und undeutlich. Aber Susanne schien mich zu verstehen.
„Eine Kopfverletzung.“
Ja, das spürte ich auch.
„Wie?“
Susanne antwortete nicht, sah mich nur ängstlich an. Sie schien den Zeitpunkt noch nicht für gekommen zu halten, mich mit der Wahrheit zu konfrontieren.
„Dr. Lorenz meint, dass du relativ gute Chancen hast, dass sich dein Erinnerungsvermögen weitgehend erholt.“
Relativ gute Chancen …
Weitgehend erholt ...
Zuversicht hörte sich anders für mich an.
Und ich spürte instinktiv, dass meine Kopfverletzung nicht daher rührte, dass ich beim Auswechseln einer Glühbirne von der Leiter gefallen war.
Mein Gefühl sagte mir mit aller Deutlichkeit, dass mehr dahintersteckte. Etwas viel, viel Schlimmeres.
Gerade als ich alle Kraft zusammengenommen hatte, um resoluter nachzufragen, öffnete sich die Tür.
Eine weitere Person, die ich erst seit Kurzem kannte, trat ein: Schwester Kathrin.
Während Susanne dunkelbraunes, glattes Haar hatte, trug Schwester Kathrin blondes und gelocktes. Der leichte Hüftschwung, mit dem sie eintrat, glich dem eines Models, das Werbung für den Ausbildungsberuf der Krankenschwester machte.
Einerseits lächelte sie freundlich und gütig, andererseits

spürte ich, dass mit ihr eine frostige Atmosphäre im Krankenzimmer Einzug gehalten hatte.
Da lag etwas zwischen ihr und mir. Etwas Unausgesprochenes. Etwas, das vor meinem Aufwachen geschehen sein musste.
In der Hand hielt sie einen Teller, den sie nun Susanne entgegenstreckte.
„Möchten Sie es versuchen?"
Susanne nahm den Teller entgegen und Schwester Kathrin reichte ihr zudem eine kleine Gabel.
Auch das, was auf dem Teller lag, erkannte ich sofort und konnte es benennen. Jemand, vermutlich Kathrin selbst, hatte einen Apfel in mundgerechte Stücke geschnitten. Zu meinem Erstaunen wusste ich sogar die Apfelsorte: Golden Delicious.
„Ganz wird er ihn nicht schaffen. Aber es ist wichtig, dass er überhaupt etwas isst, damit die Verdauung wieder in Gang kommt."
Kathrin hätte das einfach auch direkt zu mir sagen können.
Während Susanne eines der Stücke mit der Gabel aufspießte und zu meinem Mund führte, folgte Schwester Kathrin der Bewegung mit ihrem Blick.
Brav öffnete ich meinen Mund. Der süßliche Geschmack regte sofort meinen Speichelfluss an. Dass ich gesabbert hatte, wurde mir erst bewusst, als Susanne liebevoll mit einem Taschentuch meinen Mundwinkel abtupfte.
„Ist nicht schlimm, Schatz."
Das Kauen kostete mich ähnlich viel Anstrengung wie zuvor das Sprechen.
Wie lange waren meine Kiefermuskeln nicht in Bewegung gewesen?
Bislang hatte ich mich dies nicht zu fragen getraut.
Tapfer biss ich auf dem Apfelstück herum.
Meine Geschmacksknospen schienen zu explodieren. Ich konnte mich nicht erinnern, jemals etwas so intensiv geschmeckt zu haben. Aber in meinem gegenwärtigen Zustand hatte dies vermutlich wenig Aussagekraft.

Ich schluckte, doch es funktionierte nicht.
Noch einmal versuchte ich, den Apfelbrei hinab zu bekommen.
Nun klappte es.
Ich freute mich und Susanne entlockte der Erfolg ein begeistertes Lächeln.
Toll! Ich habe ein Apfelstück gegessen! Wollen wir gleich eine Pressemitteilung herausgeben?
„Sie müssen geduldig mit sich sein“, sagte Schwester Kathrin, als habe sie mir meinen Sarkasmus aus den Gesichtszügen abgelesen.
Zu nicken traute ich mich nicht, aus Angst vor einer neuerlichen Kopfschmerz-Attacke, also zwinkerte ich ihr bestätigend mit den Augen zu.
„Mehr?“, fragte Susanne und ich blinzelte erneut.
Ja, ich war ein Held: Ich konnte unmittelbar hintereinander zwei Apfelstücke verputzen!
Ich öffnete meine Lippen und Susanne schob mir das zweite Stück in den Mund.
Für einen Moment ließ ich es einfach auf meiner Zunge ruhen.
Die beiden Frauen beobachteten mich auch weiterhin. Jede Kleinigkeit wurde zu einem Großereignis. Ich aß und die zwei waren begeistert von mir.
Ich war mir ziemlich sicher, dass es in meinem bisherigen Leben deutlich schwieriger gewesen war, eine Frau so zufrieden zu stellen.
Nach dem dritten Stück konnte ich nicht mehr. Zum einen fühlte ich mich pappsatt, zum anderen tat mir bereits der Kiefermuskel weh.
Susanne schien dies zu erkennen. Während sie den Teller wegstellte und wieder meine Hand in die ihre nahm, verließ Kathrin das Zimmer.
„Es wird alles gut werden, Schatz.“
Na, diese Zuversicht hätte ich auch gerne!
„Ganz bestimmt. Bald wird wieder alles so wie früher sein.“
Ich wurde müde.

Ganz allmählich verschwamm Susannes gütiges Gesicht hinter einem Schleier. Ich wollte dagegen ankämpfen, aber es gelang mir nicht.

Sicherlich erhielt ich immer noch Schlafmittel.

Dann glitt ich hinüber in einen traumlosen …

2. Kapitel

„Wie geht es Ihnen heute, Herr Fuchs?“
Der Nachname hörte sich für mich genauso wenig vertraut an wie 'Sebastian'.
Ich zuckte mit den Schultern.
Keine Ahnung, ob Dr. Lorenz wegen meiner Reaktion enttäuscht war. Zumindest ließ er sich nichts anmerken.
„Schwester Kathrin sagte mir, dass Sie bereits wieder feste Nahrung zu sich genommen haben.“ Er wartete kurz ab. Vermutlich wollte er eine Bestätigung aus meinem Munde haben. Doch ich schwieg. Ich dachte an Susanne, sehnte mich nach ihrer Nähe.
„Das ist ein gutes Zeichen“, setzte er unbeirrt fort. „Auch ihre sonstigen Werte: Temperatur, Blutdruck, Herzfrequenz. Alles im grünen Bereich. Ich würde sagen, Sie sind über den Berg.“
Fühlte sich aber überhaupt nicht so für mich an.
Jede Bewegung schmerzte, die mit dem Kopf im Besonderen.
Und vor allem hasste ich es, wenn ich auf die Klingel drücken musste, um zu signalisieren, dass ich Wasser lassen musste und dann eine der Schwestern hereinkam, um mir 'behilflich' zu sein.
Der Schlauch, den ich bis vor Kurzem noch da unten gehabt hatte, war mir allerdings noch weitaus unangenehmer gewesen.
„Das Sprechen tut immer noch weh?“
Ich zwinkerte.
„Keine Sorge. Das ist völlig normal.“
Nein, ist es nicht. Normal ist es, wenn man selbstständig zur Toilette gehen und sich an seine Vergangenheit erinnern kann.
„Ich glaube, Sie sind jetzt soweit, dass ich Ihnen Näheres sagen kann. Was meinen Sie?“
Ich quälte mir ein „Ja“ heraus.

„Sehr schön."
Warum musste er Worte wie 'normal' und 'schön' verwenden?
Ich spürte, wie Verärgerung in mir hochstieg.
Nur zu gerne hätte ich ihm gesagt, was ich von seinen Verharmlosungen hielt.
„Ursache für Ihre Situation war ein Schädel-Hirn-Trauma dritten Grades mit Einblutungen im Gehirn."
Zunächst ließ er dies einfach so im Raum stehen. Als könnte ich erfassen, was es bedeutete.
Die Worte kannte ich alle und konnte sie auch zuordnen. Doch was bedeuteten sie für mich in dieser Kombination?
„Leider war eine massive Schädigung neuronaler Strukturen die Folge."
Konnte dieser Halbgott in Weiß nicht einfach Klartext mit mir reden?
Musste er mir beweisen, dass er im Medizinstudium gut aufgepasst hatte und mir mit seinem Fachchinesisch seine Überlegenheit demonstrieren?
„Um zu retten, was zu retten war, mussten wir Sie in eine Langzeit-Narkose versetzen. Der Volksmund nennt es 'künstliches Koma'."
Wie lange?
Dr. Lorenz schien meine unausgesprochene Frage verstanden zu haben.
„Vierzehn Tage", antwortete er. „Leider sind die Verletzungen nur partiell reparabel."
Was sollte das heißen?
Dass ich ein sabbernder Pflegepatient bleiben würde?
Dass er mich für plemplem hielt?
Na, dem würde ich es noch zeigen!
Wenn ich mich nur nicht so müde fühlen würde ...
Am liebsten hätte ich ihm meine Meinung gesagt. Er sollte mir gefälligst erzählen, was los war. Seine Arbeit tun. Mich nicht mit Phrasen vollschwallen.
Wieder kehrten meine Gedanken zu Susannes Besuch zurück. Das Wissen, dass sie für mich da war, beruhigte mich

und stimmte mich milde. So quälte ich mir ein kaum zu vernehmendes „Wie?“ heraus.
„Was meinen Sie? Wie es weitergeht?“
Ich blinzelte. Ich brauchte einfach mehr Informationen.
„Sie werden Rehabilitationsmaßnahmen benötigen, damit Sie wieder zurück ins Leben finden.“
Was würde das noch für ein Leben sein?
„Wenn es für Sie in Ordnung ist, würde ich die Einzelheiten gerne mit Ihrer Lebensgefährtin besprechen.“
Glaubte er, dass ich geistig nicht in der Lage war, ihm zu folgen?
„Ich möchte Sie nicht zu sehr belasten.“
Belasten? Es belastete mich, dass ich hier im Bett lag und zur Untätigkeit verdammt war. Dass mir eine Krankenschwester – mochte sie noch so hübsch und freundlich sein – beim Pinkeln helfen musste.
„Herr Fuchs!“
Er hörte sich dramatisch an.
„Gemessen an dem, was Ihnen passiert ist, sind Ihre Heilungschancen wirklich sehr gut.“
Passiert? Was ist mir denn passiert?
„Sie werden höchstwahrscheinlich wieder ein selbstbestimmtes Leben führen können. Die physischen Schäden werden Sie nur minimal beeinträchtigen.“
Und die psychischen?
„Meine Erinnerungen?“, flüsterte ich.
„Da kann ich Ihnen leider keine Versprechungen machen, Herr Fuchs. Da wird sicher einiges wieder aus Ihrem Unterbewusstsein auftauchen, keine Frage. Anderes wird wohl dauerhaft verloren bleiben.“

3. Kapitel

Ich wachte auf und schlief.
Ich wachte auf und schlief.
Die genaue zeitliche Einordnung dazu fehlte mir.
Mal war es draußen vor dem Fenster dunkel, mal strahlte das Licht der Sonne durch die Zweige der Pappel.
Mal saß Susanne bei mir, mal blieb ich bis zum Wiedereinschlafen allein.
Während der meist kurzen Wachphasen sehnte ich mich danach, das Krankenhaus zu verlassen. Einfach raus. Ich wünschte mir, mit Susanne spazieren zu gehen, im Wald oder an einem See, mit ihr auf einer Blumenwiese zu picknicken. Ein normales Leben, in trauter Zweisamkeit. Ob wir Kinder hatten? Hoffentlich, denn der Gedanke gefiel mir sehr. Ich musste sie dringend danach fragen. Oder hatte ich das bereits getan?
Irgendwann reduzierte Dr. Lorenz die Sedierungsmittel, was meine Kopfschmerzen erhöhte und mir zudem Gliederschmerzen einbrachte. Medikamentenentzug nannte es Dr. Lorenz.
Der Vorteil war, dass sich meine Gedanken besser sortierten und sich meine Konzentrationsfähigkeit erhöhte.
Gleichzeitig quälte es mich immer mehr, nicht zu wissen, wer ich war, wie ich gelebt hatte und - vor allem - warum ich mich in diesem Zustand befand. Als Susanne wieder einmal neben mir saß und meine Hand hielt, startete ich einen weiteren Anlauf herauszufinden, was mit mir geschehen war.
„Die Kopfverletzung. Woher?“, fragte ich sie; das Sprechen fiel mir nach wie vor schwer.
Sie sah mir lange in die Augen. Es wirkte auf mich, als überlege sie, ob sie mir die Wahrheit schon zumuten könnte. Schließlich antwortete sie.
„Es handelt sich um eine Schussverletzung.“
Jemand hat auf mich geschossen?
Oder habe ich etwa versucht, mich selbst …?

Sie zögerte. Das behagte mir gar nicht.
Wartete sie, ob mir etwas dazu einfiel, oder wartete sie, ob ich weiter nachfragte?
Susanne musste doch sehen, wie schwer mir das Artikulieren fiel!
„Wie das?"
„Vielleicht sollten wir uns doch noch gedulden, bis es dir etwas besser geht. Dr. Lorenz meinte, er würde demnächst einen Psychologen hinzuziehen. Die Polizei drängt auch schon."
Sofort biss sie sich auf die Lippen. Das mit der Polizei war ihr wohl nur herausgerutscht, doch jetzt war die Katze aus dem Sack.
„Polizei?", fragte ich.
„Ja", sagte sie zögerlich. „Sie haben noch einige Fragen."
Ich spürte einen Lachreiz. Das fand ich komisch: Die Bullen hatten Fragen! Und das an mich! Die sollten ruhig kommen.
Doch die Belustigung wandelte sich rasch in Beunruhigung.
Wer hatte da auf mich geschossen?
Und warum?
War ich immer noch in Gefahr?

4. Kapitel

„Und? Glauben Sie es nun selbst?“
Aus dem Schleier meines Schlafes tauchte die Stimme von Dr. Lorenz auf.
Die Antwort, die folgte, konnte ich nicht verstehen. Sie glich einem unzufriedenen Grummeln.
„Herr Fuchs ist im Moment nicht dazu in der Lage, mit Ihnen zu sprechen, Herr Bahr.“
Bahr? Bahr? Sollte mir der Name irgendetwas sagen?
Auf jeden Fall hatte ich das Gefühl, dass von dem Mann eine Gefahr für mich ausging.
Sicherheitshalber hielt ich die Augen geschlossen und versuchte, möglichst flach und gleichmäßig zu atmen.
„Sie werden verstehen, dass wir uns in regelmäßigen Abständen ein Bild von seinem Zustand machen müssen.“
„Dafür würde auch ein Anruf ausreichen. Oder vertrauen Sie meinem medizinischen Sachverstand etwa nicht?“
„Wir verfolgen hier nicht unbedingt die gleichen Interessen, Dr. Lorenz.“
„Auch für Sie sollte die Unversehrtheit meines Patienten die höchste Priorität haben.“
„Ich habe hier einen Mordfall aufzuklären. Das ist meine höchste Priorität.“
„Mit Ihrem Eindringen in ein Krankenzimmer erreichen Sie gar nichts.“
„Ich bin nicht 'eingedrungen'. Sie wissen, dass das Recht auf meiner Seite steht.“
„'Recht' heißt noch lange nicht 'richtig'. Glauben Sie, dass es seinem Heilungsprozess zuträglich ist, wenn Sie sich hier an seinem Krankenbett mit mir streiten?“
„Wer hat denn damit angefangen? Hätten Sie mich einfach in aller Ruhe nachsehen lassen, wäre ich längst wieder draußen.“
Mir kam es vor, als würden sich zwei Kleinkinder im Kindergarten darum streiten, wer zuerst mit den Legosteinen

spielen durfte. Eines Mediziners und eines Polizisten unwürdig.
Ich würde den Teufel tun und meine Augen öffnen, um den beiden neue Munition zu geben.
„Sie stimmen also meiner Einschätzung zu, dass es für eine Vernehmung von Herrn Fuchs noch viel zu früh ist?“
Bahr brummelte wieder etwas und ich deutete es als widerwillige Zustimmung.
„Dann möchte ich Sie bitten, das Krankenzimmer so rasch wie möglich zu verlassen.“
Bahr schwieg jetzt und kurze Zeit später hörte ich, dass sich die Zimmertür öffnete und wieder schloss.
Vorsichtig hob ich meine Augenlider und linste in den Raum. Ich war allein.
Ich mochte diesen Bahr nicht.
Und ich glaubte nicht, dass Dr. Lorenz mich auf Dauer vor ihm beschützen konnte.

5. Kapitel

Der Schwarze trug einen weißen Kittel mit dem gleichen Emblem, das auch den von Schwester Kathrin zierte. Deshalb vermutete ich, dass alles in Ordnung war, als er sich am Ende meines Krankenbettes hinabbeugte, um die Bremsen zu lösen.

Dann sah er mich an.

„Oh, Sie sind ja wach, Herr Fuchs."

Das 'wach' hörte sich eher an wie 'wa' und das 'Fuchs' wie 'Fuß'; die drei S-Laute hatte er stimmlos ausgesprochen. Er grinste mich breit an.

„Was?", stammelte ich.

„Wir machen eine kleine Ausflug."

Wo kam der denn her?

Austauschstudent aus Kamerun?

Oder beschäftigten sie jetzt schon Flüchtlinge in den Krankenhäusern?

Auf den ersten Blick wirkte er zumindest sympathischer als Kathrin. Aber ich traute ihm dennoch nicht.

„Alles wird gut, Herr Fuchs."

Na, wenn du das sagst.

Er ging nun ans Kopfende meines Bettes und verschwand damit aus meinem Sichtfeld.

„Mein Name ist Mohammed. Ich Sie bringe zu Frau Zierle, Herr Fuchs."

Mohammed. Auch das noch!

Das Bett wackelte leicht, als er es in den Krankenhausflur schob, und prompt meldeten sich meine Kopfschmerzen wieder. Ich stöhnte auf.

„Oh, Entschuldigung. Ich versuche so sanft wie möglich fahren, Herr Fuchs."

Die 'sch' wurden bei ihm zu 's' und die 'ch' ignorierte er komplett. Und alle 's' erinnerten mich immer mehr an die Zischlaute einer Schlange. Er wirkte einfältig auf mich und nicht so, als hätte er etwas gegen mich.

Aber warum hatte ich eigentlich solche Vorurteile?
Eigentlich bemühte sich Mohammed sehr und gab mir keinen Anlass für Verdächtigungen.
Warum unterstellte ich ihm also, dass er Böses im Schilde führen könnte?
Lauerten Gefahren im Krankenhaus auf mich?
Ich glaubte, dass dieser Bahr mir etwas anhängen wollte. Aber wollte er das wirklich? Vielleicht hatte ich etwas missverstanden und er wollte mich lediglich zu etwas befragen ...
Ob meine Kopfverletzung eine Art Verfolgungswahn ausgelöst hatte?
Hatte Dr. Lorenz nicht davon gesprochen, dass die Schädigungen Auswirkungen auf meine Psyche hätten?
An den Wänden des Krankenhausflurs hingen Gemälde: abstrakte Formen mit gewagten Farbkompositionen.
„Haben Patienten von Psychiatrische gemalt, Herr Fuchs."
So sahen sie auch aus.
Mohammed hielt vor einem Fahrstuhl und rief die Kabine mit einem Knopfdruck.
Es dauerte nur wenige Sekunden, dann glitt die Aufzugtür zur Seite.
„Wir müssen zwei Stockwerke nach oben, Herr Fuchs."
Warum musste er eigentlich hinter jeden Satz so penetrant den Nachnamen hängen? Wollte er mir einhämmern, dass es der meine war, oder war er nur ein besonders übereifriger Teilnehmer des So-benimmt-man-sich-in-Deutschland-Kurses gewesen?
Ich versuchte erneut, mich zusammenzureißen und nicht nerven zu lassen.
„So, da wären wir, Herr Fuchs."
Mohammed schob mich aus der Kabine und danach etwa zehn Meter in einen Gang hinein. Dort klopfte er an eine Tür und öffnete sie, ohne weiter abzuwarten.
Drinnen begrüßte mich eine Frau, die etwa einen Meter neunzig groß war und wirkte, als würde sie regelmäßig ins Fitness-Studio gehen.

„Mein Name ist Melanie Zierle.“
Na, der Name passte ja wie Faust auf Auge.
„Ich bin Ihre Physiotherapeutin.“
Oje. Das machte mir Angst.
Mohammed blinzelte mir fröhlich zu.
„Ich hole Sie dann in Dreiviertelstunde wieder hier ab, Herr Fuchs“, sagte Mohammed und verließ den Raum.
Frau Zierle verschränkte die Finger ineinander und drückte die Hände mit der Handfläche nach vorne in meine Richtung. Es knackte lautstark und das Geräusch ging mir durch und durch. Jetzt wäre ich doch lieber bei Mohammed geblieben.
„Ihre Muskeln sind nach all der Zeit des Liegens etwas schlaff geworden. Aber ich bin mir sicher, dass wir sie sehr bald wieder funktionsfähig kriegen.“
Das musste man ihr lassen: Ihr kräftiger Körper und Ihre bestimmende Art ließ mich keine Sekunde an ihren Worten zweifeln. Wenn mich jemand wieder auf die Beine bringen konnte, dann Melanie Zierle.
In Gedanken nannte ich sie bereits 'Herrin Melanie' und ich musste mich beherrschen, dass mir dies nicht herausrutschte. Vermutlich hätte sie darüber dröhnend gelacht und mich noch härter herangenommen.
Denn eine Sekunde später zerrte sie bereits an meinem linken Bein herum. Zum ersten Mal seit meinem Erwachen aus dem Koma spürte ich wieder, wie viele Muskeln so ein Bein doch hatte.
Und es tat weh, einfach nur weh.
Mit der Fortführung der Behandlung breitete sich der Schmerz bald auch aufs andere Bein aus, dann auf die Arme.
„Es ist sehr gut, wenn Sie etwas spüren“, sagte Frau Zierle, doch ihre Stimme hörte sich an, als interessiere sie sich nicht die Bohne dafür, wie es mir mit ihren Übungen erging.
Nach einer gefühlten Ewigkeit voller mehr oder weniger stummem Leid kehrte Mohammed zurück und erlöste mich.
Noch bevor wir den Fahrstuhl erreichten, war ich völlig erschöpft eingeschlafen.

6. Kapitel

Als ich erwachte, glaubte ich, ich würde brennen.
Muskelkater.
Überall.
Mein ganzer Körper war ein einziger Muskelkater.
Diese verdammte Zierle.
Ich hasste sie und ich achtete sie. Denn bei all ihrer Mitleidlosigkeit und Härte: Ihr Geschäft verstand sie.
Der Muskelkater verringerte sich von Mal zu Mal. Und schon bald konnte ich aus eigener Kraft aufstehen und alleine die wenigen Schritte bis zur Zimmertoilette wackeln.
Welch ein Fortschritt!
Ich war äußerst dankbar über diese kleinen Erfolge während meiner zunehmend länger werdenden Wachphasen.
Und vor allem darüber, dass mir Schwester Kathrin nicht mehr die Bettpfanne wechseln musste.
Ich misstraute ihr immer noch. Mohammed blieb höflich, freundlich und dienstbeflissen. Ich ertappte mich dabei, dass er mir – im Gegensatz zu Schwester Kathrin – immer sympathischer wurde.
Susanne freute sich mit mir, als ich ihr demonstrierte, wie gut ich mich wieder auf meinen Beinen halten konnte. Bald schon schlug sie bei einem ihrer Besuche vor, mich mit dem Rollstuhl nach unten in den kleinen Park zu bringen, der extra für die Patienten des Krankenhauses angelegt worden war. Dort sollte ich dann ebenfalls versuchen, ein paar Schritte zu gehen.
„Notfalls stütze ich dich, Schatz", sagte sie.
Warum eigentlich nicht?
Der Gedanke, mich nach all der Zeit wieder an der frischen Luft zu bewegen, machte mir zwar Angst, doch ich wollte mir beweisen, dass ich es schaffen konnte.
Die Strecke bis zum Aufzug absolvierte ich ohne Rollstuhl, doch als wir dort ankamen, nahm ich sicherheitshalber doch Platz. Meine Beine hatten zwar wieder ausreichend Kraft,

um meinen Körper zu bewegen, dagegen spielte mir mein Gleichgewichtssinn immer noch Streiche. Nachdem wir das Gebäude verlassen hatten, kehrten zudem meine Kopfschmerzen zurück.
Ein schmaler Pfad schlängelte sich durch eine kleine Grünanlage. In kurzen Abständen luden Parkbänke dazu ein, sich für einen Moment zu setzen, falls man Probleme damit hatte, vorwärts zu kommen. Das gab mir Sicherheit. Ich erhob mich und ging erneut ein paar Schritte.
„Schaffst du es alleine?“, fragte Susanne und ich nickte.
Nicht nur das Gehen funktionierte von Tag zu Tag besser; auch die Logopädin, die mich regelmäßig besuchte, half mir, zurück in ein selbstbestimmtes Leben zu finden.
Mittlerweile konnte ich mich bereits sehr viel besser artikulieren, auch wenn mir immer mal wieder das eine oder andere Wort nicht einfallen wollte.
Ich konzentrierte mich auf die Dinge, die ich sah, und versuchte, sie beim Namen zu nennen.
„Jeanshose.“
„Abfalleimer.“
„Fahrrad.“
„Sonnenblume.“
„Sehr gut machst du das, Sebastian.“
Susanne freute sich sichtlich. So sehr wie vor einiger Zeit über das Essen der Apfelstücke.
Dann ertappte ich mich dabei, dass ich auf einen Mann starrte, der einen kleinen Metallring in der Unterlippe trug. Aus den Augenwinkeln heraus, sah ich, dass Susanne mich beobachtete.
Sie erkannte mein Problem und erlöste mich schließlich.
„Piercing“, erklärte sie mir.
Ach ja, Piercing. Das gefiel mir bei Männern nicht. Bei Frauen schon. Susanne trug keines. Zumindest keines, das ich sehen konnte.
An ihren Körper konnte ich mich nicht mehr erinnern.
Welch ein Verlust! Denn die Kleidung, die sie trug, betonte ihre schlanke, anmutige Figur. Ihr Gesicht war hübsch,

besonders wenn sie lächelte, und ihre Augen glänzten. Ihre Brüste waren nicht zu groß und nicht zu klein und ich stellte fest, dass sie exakt so waren, wie ich sie am liebsten mochte.
Ich spürte Bewegung in meiner Hose.
Zum ersten Mal, seitdem ich aus dem Koma erwacht war.
Auch dieser Teil meines Körpers schien sich also zu erholen.
Ich grinste.
Susanne schien sowohl das Grinsen als auch die Bewegung weiter unten wahrgenommen zu haben, denn sie lachte jetzt laut auf.
„Was so ein Spaziergang an der frischen Luft doch alles auslösen kann. Aber ich befürchte, da musst du dich noch etwas gedulden."
Geduld. Geduld. Ich konnte dieses Wort nicht mehr hören. Sie alle verwendeten es ständig. Dr. Lorenz. Schwester Kathrin. Frau Zierle. Mohammed. Susanne.
Ich mochte mich nicht mehr gedulden.
Ich mochte wieder rennen, sprechen – und lieben.
„Ich glaube, das ist ein gutes Anzeichen dafür, dass alles wieder so wird, wie es mal war, Schatz."
Meine Erregung ließ nach.
Dafür verstärkten sich meine Kopfschmerzen.
„Woher habe ich diese Wunde?", wollte ich wissen.
Sie zögerte kurz und wiederholte dann, was sie mir schon einmal gesagt hatte: „Es handelt sich um eine Schussverletzung, Schatz."
"Wer war das?", fragte ich, doch sie wollte mir die Antwort nicht geben.
"Du hast sehr großes Glück gehabt."

7. Kapitel

Es dauerte nicht allzu lange, da tauchte dieser Bahr wieder auf.

Zuerst erschien Dr. Lorenz in meinem Krankenzimmer und fragte mich, wie es mir heute ginge.

„Körperlich zunehmend besser", antwortete ich und freute mich, dass ich wieder in der Lage war, mich deutlich und verständlich auszudrücken. „Nicht zuletzt dank der liebevollen und fürsorglichen Betreuung von Frau Zierle."

Er verstand und grinste.

„Das sehe ich auch so", sagte er. „Ich meine, dass es Ihnen körperlich stetig besser geht."

Er hielt einen Moment inne und musterte mich, dann fuhr er fort:„Ich glaube, ich kann Ihnen inzwischen eine Vernehmung zumuten."

„Was meinen Sie?", fragte ich, doch wusste ich genau, wovon er sprach. Von diesem Bullen, mit dem er sich an meinem Bett unterhalten hatte.

„Die Polizei. Sie hat Fragen an Sie. Ich habe bisher versucht, sie von Ihnen fernzuhalten. Aber ich kann das nicht länger rechtfertigen."

Ich freute mich zwar, dass es mit meiner Gesundheit aufwärts ging, doch dies war die Kehrseite der Medaille. Aber wovor hatte ich eigentlich Angst? Vielleicht sollte ich wirklich nur als Zeuge vernommen werden.

Hübscher Gedanke, Sebastian, du solltest dich nicht zu sehr daran klammern.

Ein vollbärtiger Mann trat ein, sicher deutlich kleiner als einen Meter sechzig. Für seine Körpergröße wog er eindeutig zu viel. Er erinnerte mich an den Zwerg aus 'Der Herr der Ringe', dessen Name mir gerade partout nicht einfallen wollte. In seiner Begleitung eine junge Frau mit kurzgeschnittenem, braunem Haar. Sie wirkte burschikos und überragte den Mann um mehr als eine Kopfeslänge.

„Guten Tag, Herr Fuchs", sagte der Zwerg mit tiefer,

sonorer Stimme. „Mein Name ist Frieder Bahr, das ist meine Kollegin Jessica Strötzel."
Meine herzliche Gratulation an die einfallsreichen Eltern zu der kreativen Namensfindung.
„Kriminalpolizei", schloss er seine Vorstellung ab.
Als ob ich dies nicht längst geahnt hätte.
„Dr. Lorenz meinte, Sie wären inzwischen stabil genug."
Er erwartete eine Reaktion, doch ich tat ihm den Gefallen nicht.
„Herr Fuchs, wir haben erstmal nur ein paar kleine Fragen an Sie. Fühlen Sie sich dem gewachsen?"
„Was, wenn ich 'nein' sage?", stellte ich eine Gegenfrage, ohne die beiden vorher begrüßt zu haben.
„Dann kommen wir wieder!" Es schwang ein gefährlicher Unterton in seinen Worten mit. So, als wolle er sagen, sie würden nun regelmäßig hier auftauchen und so lange nerven, bis sie ihre Antworten erhalten hätten. Und es machte mir deutlich, dass er umso ungehaltener sein würde, je länger ich es hinauszögerte.
„Fragen Sie!", lenkte ich ein und versuchte, ihn anzulächeln.
Dr. Lorenz wirkte zufrieden über meine Reaktion, Bahr und Strötzel ließen sich dagegen nichts anmerken.
„Erinnern Sie sich an den zweiten Mai diesen Jahres?"
Ich wusste inzwischen, dass wir Anfang Juni hatten; mein Aufwachen aus dem Koma lag etwa zwei bis drei Wochen zurück.
„Nein", sagte ich wahrheitsgemäß. „Hat man an diesem Tag auf mich geschossen?"
Bahr überlegte kurz, dann bestätigte er.
Wer fragt, der führt, kam mir in den Sinn. Vielleicht war es sinnvoll, wenn ich versuchte, das Gespräch selbst zu steuern.
„Wer?", wollte ich wissen, doch Bahr schwieg.
„Warum?" Wieder keine Reaktion.
Bahr war nicht dumm, er schien meine Strategie zu durchschauen.
„Was ist denn das letzte, woran sie sich erinnern?"
Das wüsste ich auch gerne.

„Überlegen Sie! Strengen Sie sich an!"
Ja, das machte ich doch. Schließlich stellte ich mir selbst diese Frage nicht zum ersten Mal.
Ich schloss meine Augen.
Und plötzlich sah ich eine Pistole vor mir. Sie zielte genau auf mich. Mein Blick wanderte weiter vom Lauf zum Schaft und von dort zur Hand, die die Waffe hielt. Dann blickte ich hoch, um zu sehen, wem die Pistole gehörte. Doch schon verschwamm alles und das Bild verschwand.
Als ich die Augen wieder öffnete, sahen mich Bahr, Strötzel und Dr. Lorenz erwartungsvoll an.
„Es tut mir leid. Alles, was die Zeit vor meinem Erwachen aus dem Koma betrifft, ist weg. Ich würde Ihnen gerne helfen, wenn ich es könnte."
Bahr glaubte mir nicht, das sah ich ihm an. Doch was sollte er schon tun?
Die beiden Polizisten hakten weiter nach, aber irgendwann gingen sie schließlich, ohne etwas Neues in Erfahrung gebracht zu haben.
Ich selbst dagegen hatte zum ersten Mal die Hoffnung, Licht ins Dunkel zu bringen.
Es war sicher nur eine Frage der Zeit, bis ich die Person identifizieren konnte, die mich in diese Lage versetzt hatte.
Und dann gnade ihr Gott.

8. Kapitel

So viele Menschen um mich herum, die nur mein Bestes wollten: Susanne, Schwester Kathrin, Dr. Lorenz, Frau Zierle, Mohammed. Aber wollten sie das wirklich?
Sicher, sie halfen mir, kümmerten sich um mich. Sie lächelten mich an und versicherten mir stets, das alles wieder gut werden würde.
Doch keinem von ihnen gelang es, mein früheres Leben zurückzuholen. Abgesehen von der auf mich gerichteten Pistole tauchte nichts aus meinem Unterbewusstsein auf.
Und heute sollte sich also auch noch ein gewisser Dr. Foster in die Reihe derer stellen, die mich freundlich anlächelten und mir weismachen wollten, alles für mich und meine Genesung zu tun.
Seine Praxis lag zwar auf dem Gelände der Klinik, aber die Anlage war so groß, dass ich für den Besuch quer durch den Park und danach in einen anderen Trakt musste. Dr. Lorenz hatte entschieden, dass ich inzwischen fit genug war, um alleine dorthin zu gehen. Er meinte außerdem, dass - wenn meine Genesung weiterhin so gut verliefe - die weiteren Rehamaßnahmen ambulant durchgeführt werden könnten.
Darüber freute ich mich sehr, denn ich hatte ohnehin keine Lust mehr, mir alles und jedes von irgendjemandem vorschreiben zu lassen und ständig über mein Wohlbefinden Auskunft zu geben.
„Haben Sie Ihre Tabletten genommen, Herr Fuchs?“
„Sie sollten das aber aufessen, Herr Fuchs!“
„Wie war Ihr Stuhl heute, Herr Fuchs?“
„Keine Beschwerden beim Wasserlassen, Herr Fuchs?“
Und auch wenn ich mich nicht daran erinnerte: Ich wusste inzwischen, dass ich Sebastian Fuchs hieß, ja. Wie sollte ich den Namen auch wieder vergessen, wenn er ständig wiederholt wurde?
Ich wollte endlich raus hier aus diesem Krankenhaus.
Und auch wenn es nur der kurze Weg hinüber zu Dr. Foster

war, ich freute mich darauf, ihn ohne Hilfe zu bewältigen.
Schwester Kathrin hatte mir beschrieben, wohin ich gehen sollte. Dann schärfte sie mir ein, auf keinen Fall das Gelände zu verlassen, und ich vermutete, dass Bahr hinter dieser Anweisung steckte. Als sie mich die Route zusammenfassen ließ, hörte sie mir aufmerksam zu.
Glaubte sie allen Ernstes, dass ich mir keine zwei Abbiegungen merken konnte?
Immer mehr fühlte ich mich von ihr wie ein kleines Kind behandelt; nein, eher wie ein Strafgefangener.
Für einen Augenblick hatte ich Angst, sie könnte mich begleiten wollen, aber schließlich nickte sie und wünschte mir alles Gute.
Wobei?
Auf den lebensgefährlichen Wegen des Parks mit seinen wilden Tieren?
Oder beim Gespräch mit Dr. Foster?
Selbstverständlich fand ich den entsprechenden Trakt und die Praxis auf Anhieb.
Die Arzthelferin am Empfang begrüßte mich mit meinem Namen.
„Schwester Kathrin hat Sie bereits angekündigt."
Natürlich.
„Ich rufe sie gleich zurück und sage ihr, dass Sie heil hier angekommen sind, Herr Fuchs."
Die NSA ist eine unfähige Chaostruppe gegen Schwester Kathrin. Vermutlich würden sie irgendwann einmal Aufklärungsdrohnen nach ihr benennen.
Eine Tür öffnete sich und ich drehte mich um: Ein junger Mann stand im Türrahmen und bat mich zu sich.
Allzu lange konnte der sein Psychologiestudium aber noch nicht hinter sich haben. Vermutlich aus privilegierten Verhältnissen. Papa hatte das Studium finanziert und ihm sogleich eine eigene Praxis eingerichtet. Für Krankenhausverhältnisse wirkte sie sehr exklusiv auf mich.
Dr. Foster trug teure, stylische Klamotten in Pastelltönen. Nicht mein Geschmack.

Ein weißer Kittel wäre vertrauenerweckender für mich gewesen.
Er streckte mir seine Hand entgegen und stellte sich als 'Matthew Foster' vor, während ich sie drückte. Auch er wirkte sehr freundlich. Und wieder fragte ich mich, ob alle um mich herum mir lediglich etwas vorspielten.
An den Wänden hingen diverse Diplome amerikanischer Eliteuniversitäten, doch Dr. Foster sprach akzentfreies Hochdeutsch.
In einer kleinen Sitzgruppe mit Ledermöbeln in unmittelbarer Nähe eines Eichenschreibtisches und einer Liege nahm ich Platz.
Als er mir etwas zu trinken anbot, entschied ich mich für Wasser. Da fiel es schwer, etwas hineinzumischen. Ich war mir sicher, ich würde es sehen und auch am Geschmack merken.
Noch immer traute ich nichts und niemandem.
Wohlbegründeter Argwohn oder doch eher Paranoia? Ich wusste es nicht.
Dr. Fosters breites Grinsen nervte mich jetzt schon. Ich stellte mir vor, dass sich die Psychologie-Studenten links und rechts kleine Metallhaken in die Mundwinkel stecken mussten, damit das Lächeln einfror.
„Dann erzählen Sie doch mal, Herr Fuchs, wie geht es Ihnen?"
Wie sollte man sich schon fühlen, wenn die komplette Vergangenheit verschwunden war? Die Erinnerungen an die Kindheit, an die Jugend. An die Eltern, an die erste Liebe. Die Erinnerung an den Alltag, an Hobbys, an gute und an schlechte Tage.
Susanne hatte mir zwar inzwischen ein paar Dinge erzählt, aber es blieb die Lebensgeschichte eines Fremden. Jede Information von ihr sollte Licht in mein Dunkel bringen, und glich doch nur einer Kerze, die sofort wieder erlosch und nichts als nebelhafte Schwaden zurückließ.
„Den Umständen entsprechend", fasste ich meinen Gedankengang zusammen.

„Sie leiden darunter."
„Ja."
Wer würde das nicht tun?
„Bei der Schwere Ihrer Verletzung wäre es verwunderlich, wenn keine Folgeschäden aufgetreten wären."
Wie beruhigend.
„Aber ich kann Ihnen versichern, dass Teile Ihres bisherigen Lebens zurückkehren werden. Das sagen übereinstimmend alle Erfahrungswerte von betroffenen Patienten."
Laberlaberlaber. Ich konnte das nicht mehr hören. Ich wollte endlich Antworten und dieser affektierte Pinkel würde mir die nicht geben können.
„Ich werde Ihnen nun ein paar Fragen stellen und möchte von Ihnen, dass Sie mir antworten, ohne lange zu überlegen. Okay?"
„Okay."
„Wie heißt die Hauptstadt von Deutschland?"
„Wie bitte?"
Hielt der mich für völlig meschugge?
„Antworten Sie! Überlegen Sie nicht!"
„Berlin."
Bitte sehr. Wenn ich dir einen Gefallen damit tun kann.
„In welcher Stadt befindet sich der Eiffelturm?"
Für einen Augenblick spielte ich mit dem Gedanken, Castrop-Rauxel zu sagen, aber ich antwortete korrekt mit „Paris."
„Sie überlegen immer noch."
Er durchschaute mich.
„Wer gilt als der Erfinder des Buchdrucks?"
„Gutenberg."
„Wie hieß der erste Mensch auf dem Mond?"
„Neil Armstrong."
Oder war es doch Louis gewesen?
„Wann fiel die Berliner Mauer?"
„Neunter November 1989."
„An welchem Datum wurde das World Trade Center in New York zerstört?"

„Am elften September.“
Wollte er auch das Jahr wissen?
„Wo sind Sie zur Schule gegangen?“
„In ...“
Für einen kurzen Moment blitzte ein Schulgebäude vor meinem inneren Auge auf. Rote Fensterrahmen. Auf den Scheiben klebten bunte Blumen und Schmetterlinge, die Kinder gemalt und ausgeschnitten hatten.
Sofort war der Gedanke wieder weg.
„Sie haben etwas gesehen“, stellte Dr. Foster fest und ich nickte.
„Sehen Sie, das ist ein gutes Zeichen. Denn das heißt, dass die Informationen noch vorhanden sind. Das ist wie bei einer Festplatte, die gelöscht wurde. Solange die Festplatte nicht neu formatiert wurde, hat ein Spezialist die Möglichkeit, die Daten wieder zum Vorschein zu bringen.“
Und er hielt sich für einen solchen. Vielleicht sollte ich ihn doch nicht nach seinem jungen Lebensalter beurteilen und mich ihm anvertrauen.
„Sie scheinen über etwas nachzudenken?“
Ja, er verstand seinen Job.
„Wir sollten an die Erinnerung gehen, solange sie noch so frisch ist. Ich möchte, dass Sie die Augen schließen, Herr Fuchs.“
Ich tat ihm den Gefallen.
„Gehen Sie zurück zu dem Gedanken gerade eben.“
Ein Schulhaus mit roten Fensterrahmen. Hatte es so ausgesehen? Oder stellte ich es in meiner Fantasie gerade neu zusammen?
Blumen in verschiedenen Größen, Formen und Farben, und Schmetterlinge, alles auf Papier gemalt, ausgeschnitten und auf die Scheiben geklebt.
„Was sehen Sie?“
Ich beschrieb es ihm.
„Wenn es Fenster gibt, ist dort bestimmt auch eine Eingangstür.“
Ich blickte an dem Gebäude entlang. Tatsächlich, dort war

eine doppelflügelige Glastür.
„Ja“, bestätigte ich. „Eine kurze Treppe führt darauf zu, fünf Stufen.“
„Gehen Sie sie hinauf. Was sehen Sie?“
„Es sind Milchglasscheiben. Ich kann nichts dahinter erkennen.“
„Öffnen Sie die Tür.“
In meinen Gedanken griff ich nach einer Klinke und versuchte, die Tür aufzuziehen.
„Das geht schwer.“
„Strengen Sie sich an!“, befahl Dr. Foster und ich merkte, dass sich Schweißperlen auf meiner Stirn bildeten.
„Ich glaube, es hält sie jemand von innen zu.“
„Nein, da ist niemand. Glauben Sie mir. Sie blockieren sich nur selbst. Sie wollen da hinein und Sie können da hinein.“
Plötzlich spürte ich keinen Widerstand mehr. Beide Flügel schwangen auf und ich konnte gerade noch zurückweichen. Ich erschrak. Ich blickte genau auf die Pistole, die ich schon einmal gesehen hatte. Wieder zielte sie genau in meine Richtung.
„Was ist? Was erkennen Sie?“
„Dahinter ist nur Schwärze“, log ich.
„Aber ich merke es Ihnen an. Da ist etwas. Gehen Sie hinein. Durchqueren Sie die Schwärze.“
„Nein“, sagte ich und öffnete meine Augen.

9. Kapitel

In Gedanken hatte ich mich noch lustig gemacht über die kurze Strecke von meinem Krankenzimmer zur Praxis von Dr. Foster.

Doch als ich nach meiner Sitzung draußen vor die Tür trat, spürte ich sofort, dass Schwester Kathrin gar nicht so unrecht mit ihren Befürchtungen gehabt hatte - aber auf eine ganz andere Art und Weise als vermutet.

Denn natürlich fühlte ich mich fit und clever genug, den Weg alleine zu bewältigen.

Was mir jedoch ein Problem verursachte, war der Mann, der sich im Park an ein Schild lehnte, das das Rauchen verbot. Er hielt eine brennende Zigarette in der Hand.

Sofort sehnte ich mich ebenfalls nach einer. Am liebsten wäre ich zu dem Mann gegangen und hätte ihn darum gebeten.

Aber gleichzeitig hielt mich sein Gesicht davon ab. Denn das war die Ursache meines Problems: Ich kannte den Mann. Ich wusste nicht woher, doch sein Anblick löste starke Beklemmung in mir aus.

Er schien zu beobachten, ob ich in irgendeiner Form auf seine Anwesenheit reagierte.

Hatte er bemerkt, dass ich kurz zusammengezuckt war?

Keine Ahnung.

Ich beschloss, so zu tun, als sei nichts, und ging los. Wenn ich die Strecke zurückging, die ich gekommen war, würde mein Weg genau an dem Mann vorbeiführen. Doch ich hatte keine Lust auf einen Umweg. All meinen Mut zusammennehmend hielt ich auf ihn zu.

Wer war er?

Ein Kollege von diesem Kommissar?

Aber er sah überhaupt nicht wie ein Polizist aus!

Ich hatte Angst davor, ihm in die Augen zu sehen, und senkte meinen Blick.

Als ich mich näherte, schnippte er seine zu Ende gerauchte

Zigarette auf den Boden und sie fiel mir direkt vor die Füße. Ich ignorierte sie.
Dass er mich immer noch beobachtete, spürte ich deutlich. Vermutlich überlegte er, ob er mich ansprechen sollte.
Aber das wollte ich nicht und versuchte, ihm dies mit meiner abgewandten Körperhaltung zu vermitteln und damit, dass ich meine Geschwindigkeit erhöhte. Als ich dicht an ihm vorüberging, bewegte er sich auf mich zu und ich begann zu rennen.
„Bastian, warte!"
Nein.
Mich umzudrehen, wagte ich nicht; ich lief einfach weiter. Schnell. Mein erster Sprint. Keine Gleichgewichtsprobleme. Ich fühlte mich frei. Zu meiner Erleichterung stellte ich fest, dass ich keine Schritte hörte, die mir folgten.
Bald erreichte ich den Bereich am Haupteingang des Krankenhauses. Patienten standen hier gemeinsam mit Besuchern und unterhielten sich. Jetzt fühlte ich mich sicherer. Ich stoppte und blickte mich um.
Von dem Fremden war weit und breit nichts zu sehen.
Welch ein Glück!
Dafür entdeckte ich etwas anderes: Natürlich herrschte nicht nur im Park sondern im gesamten Krankenhaus Rauchverbot; als Ausgleich hatte man vor dem Gebäude einen kleinen, überdachten Raucherbereich eingerichtet.
Zwei Frauen standen dort, unterhielten sich und hielten Zigaretten in ihren Händen.
Wieder verspürte ich den Wunsch, eine zu rauchen. Beherzt ging ich auf die beiden zu und fragte sie höflich, ob sie mir eine Zigarette abgeben würden. Sie waren tatsächlich so freundlich, mir eine zu spendieren. Ich steckte sie in meinen Mund und eine der beiden gab mir Feuer.
Der erste Zug daran war - abgesehen von Susannes Besuchen - das schönste Erlebnis, das ich seit meinem Erwachen aus dem Koma gehabt hatte.

10. Kapitel

Seit nunmehr zehn Tagen steckten keine Kanülen mehr in meinen Handrücken. Es irritierte mich, dass die Wunden einfach nicht verheilen wollten. Es sah immer noch so aus, als habe Schwester Kathrin die Kanülen gerade erst entfernt. Irgendwie erinnerten mich die Stellen an Stigmata. Doch wenn ich die Hände drehte und die Handflächen begutachtete, dann war dort nichts. Warum auch?

Was mich deutlich stärker beunruhigte, waren die Lähmungserscheinungen. Der Gang zur Toilette oder durch die Krankenhausflure und in den kleinen Park stellten schon lange kein Problem mehr für mich dar.

Allerdings schliefen mir noch sehr oft die Beine ein. Nahm ich draußen auf einer der Bänke Platz, hatte ich meist Mühe, danach wieder aufzustehen. Ich musste mich an der Rückenlehne festhalten oder mich bei Susanne aufstützen, um nicht umzufallen. Nach ein paar Sekunden ging es wieder.

Das Gleiche passierte immer mal wieder mit meinen Armen. Ich wollte nach der Flasche Wasser oder den Medikamenten auf meinem Nachttischschränkchen greifen, aber ich schaffte es nicht. Weder konnte ich meinen Arm in die gewünschte Richtung bewegen, noch gelang es meinen Fingern zuzugreifen.

"Durchblutungsprobleme", nannte es Dr. Lorenz und es würde vorübergehen. Doch die Lähmungserscheinungen verringerten sich keineswegs.

Auch mit dem Gedächtnis war es nicht wesentlich besser geworden. Die vielen Anekdoten, die mir Susanne aus der gemeinsamen Vergangenheit berichtet hatte, hatten bislang nichts in mir ausgelöst, kein Wiedererkennen, kein Erinnern.

Zuweilen behauptete sie, das eine oder andere habe sie mir bereits erzählt, aber ich wusste nichts mehr davon. Ebenfalls sehr irritierend.

Auch Dr. Foster stocherte ohne jeglichen neuen Ergebnisse

in meinem Unterbewusstsein herum.
Typisch Halbgott in Weiß: viel Drumherumgerede, wenig Konkretes.
Bei meinen weiteren Besuchen bei dem Psychologen hatte mich stets die Angst begleitet, dem unbekannten Mann noch einmal zu begegnen, doch glücklicherweise tauchte er nicht wieder auf.
Kommissar Bahr hatte mich noch zwei Mal aufgesucht, musste mein Krankenzimmer aber jeweils ohne neue Kenntnisse wieder verlassen. Weitere Informationen zu meiner Vergangenheit und der Ursache meines Zustands erhielt ich im Gegenzug von ihm ebenfalls nicht.
Immer wieder träumte ich auch von der Hand mit der Pistole, die auf mich gerichtet war. Blickte ich an der Hand entlang und suchte nach dem Gesicht des Mannes, der die Waffe hielt, so sah ich nur einen schwarzen Schemen.
Das Einzige, was sich tatsächlich deutlich verbesserte, waren meine Kopf- und Gliederschmerzen. Seit ich wieder mit dem Rauchen begonnen hatte, fühlte ich mich deutlich fitter. Welch eine Ironie!
Aber vermutlich das übliche Muster einer Sucht.
Und dann kam endlich der große Tag!
Dr. Lorenz meinte, es gäbe keine Notwendigkeit, mich noch länger hier zu behalten; die weiteren Behandlungen könnten auch ambulant durchgeführt werden.
Seine Ankündigung weckte gemischte Gefühle in mir.
Einerseits war ich sehr froh, dem Krankenhaus, seiner Atmosphäre und Schwester Kathrin entfliehen zu können.
Andererseits löste das Wort 'Zuhause' eine Beklemmung in mir aus.
Was war das, dieses 'Zuhause'?
Ich erinnerte mich nicht daran. Weder an die Straße, in der ich wohnte, noch an die Aufteilung oder die Einrichtung meiner Wohnung.
Was würde mich erwarten?
Es beruhigte mich, Susanne an meiner Seite zu wissen. Ich konnte mich zwar immer noch nicht an unser früheres

Zusammenleben erinnern, hatte aber, aufgrund ihrer Fürsorge und meiner Gefühle für sie, großes Vertrauen zu ihr. Sie würde für mich da sein. Das versicherte sie mir, während sie meine wenigen Habseligkeiten in die mitgebrachte Sporttasche packte.
Auch diese dunkelgrüne Tasche gehörte mir. Das behauptete Susanne zumindest.
Die Tasche sah benutzt aus. Hatte ich Sport getrieben? Wenn ja, welchen?
„Badminton“, beantwortete Susanne meine Frage.
Ich wusste, was Badminton war, doch fielen mir keinerlei Regeln zum Spiel ein. Als ob ich zwar schon mal zugesehen, aber niemals selbst auf dem Spielfeld gestanden hätte.
Hieß es tatsächlich 'Spielfeld' oder gab es hierfür einen Fachbegriff?
Ich wusste es nicht.
Wie ich so vieles anderes nicht wusste.
Zum Glück befand sich Schwester Kathrin nicht im Schwesternzimmer, als Susanne und ich uns dort verabschiedeten. Dafür war Mohammed anwesend. Er wischte sich tatsächlich eine Träne aus dem Augenwinkel, als wir gingen.
„Alles Gute für Zukunft, Herr Fuchs“, sagte er.
Ja, die Zukunft; was würde sie bringen?
Sie lag genauso im Dunkeln wie meine Vergangenheit.
Mohammeds frommer Wunsch zumindest nutzte nichts. Das sollte ich bald schon feststellen.

II. Teil
Zuhause

11. Kapitel

Susanne steuerte im Parkhaus des Klinikums direkt auf einen schwarzen Audi A1 zu.
Das Auto gefiel mir. Einen sicheren Geschmack hatte Susanne, das musste man ihr lassen. Und billig konnte der Audi auch nicht gewesen sein. Er war in hervorragendem Zustand und ich schätzte, dass er maximal ein Jahr alt war.
Trotz des Halbdunkels hier in diesem Betonklotz glänzte er, als wäre er gerade eben frisch poliert worden.
Was arbeitete Susanne eigentlich?
Und wieso wusste ich das noch nicht? Oder hatte sie es mir bereits erzählt und ich hatte es wieder vergessen?
Ich werde sie demnächst danach fragen, dachte ich, während ich den Kofferraum öffnete und meine Sporttasche hineinstellte. Dann stieg ich ein.
Das Innere des Wagens war picobello sauber, kein Staubkörnchen. Und aufgeräumt wirkte es hier auch. Nichts, was irgendwo herumlag.
Ich atmete tief ein und der Geruch bestätigte meine Vermutung: So rochen nur Neuwagen. Das Auto war definitiv noch nicht lange im Straßenverkehr unterwegs.
Ich versuchte mich zu erinnern, ob ich damit schon einmal gefahren war.
„Was überlegst du?“, riss mich Susanne aus meinen Gedanken.
„Das Auto. Ich erkenne es nicht wieder.“
„In dem Fall ist es ausnahmsweise nicht verwunderlich. Ich fahre es erst seit vier Wochen. Papa hat es mir geschenkt.“
Okay, der Wagen hatte also nichts mit Susannes Arbeitsverhältnis zu tun, sondern eher mit der Vermögenssituation ihres Vaters.
Ich wusste nicht, wer meine eigenen Eltern waren, aber ich war mir ziemlich sicher, dass sie mir noch nie ein Auto geschenkt hatten.
Mir fiel auf, wie elegant und stilvoll Susanne gekleidet war.

Ich selbst trug eine Jeans, die schon bessere Zeiten gesehen hatte, ein ausgebleichtes, dunkelblaues T-Shirt mit einer Abbildung von Mallorca und darüber ein schwarze Sweatjacke. Damit fühlte ich mich völlig underdressed gegen ihre feine, weiße Bluse und die schicke, bordeauxrote Hose, beide Kleidungsstücke frisch gebügelt. Auch wirkten Ohrringe und Halskette nicht gerade wie Modeschmuck auf mich.
Ich glaubte nicht, dass sie die Teile von mir geschenkt bekommen hatte.
Stammten sie auch von dem feinen Herrn Papa?
„Du studierst BWL", sagte ich und sie lachte laut auf, während sie den Wagen aus dem Parkhaus hinaus auf die Straße lenkte.
„Ist das eine Vermutung oder ist es dir wieder eingefallen?"
Ich wusste es nicht.
„Aber ich habe recht, ja?"
„Ja, im fünften Semester."
Zum ersten Mal machte ich mir Gedanken über unseren Altersunterschied. Meinen Personalausweis kannte ich inzwischen, ich musste mindestens zehn Jahre älter als Susanne sein.
„Deswegen brauche ich auch den Wagen. Damit ich zur Uni fahren kann."
„Wie weit ist das?"
„Etwa sechzig Kilometer."
„Du pendelst?"
„Ja."
„Jeden Tag?"
„So oft eben Vorlesungen sind."
„Und ich?"
„Was meinst du?"
„Was arbeite ich?"
„Das habe ich dir doch schon erzählt. Zuletzt hast du Autoüberführungen gemacht. Für eine Mietwagenfirma."
Hörte sich nicht gerade nach einer großen Karriere an.
Wir fuhren durch Straßen, die ich eigentlich kennen müsste.

Um mich herum pulsierte meine Heimatstadt: Hier war ich geboren und hier war ich aufgewachsen. Doch ich fühlte mich wie ein Fremder.
Kein Gebäude, das ich wiedererkannte. Kein Straßennamen, an den ich mich erinnerte.
„Hier bist du zur Schule gegangen", sagte Susanne und deutete auf das große Gebäude aus der Gründerzeit, neben dem sie an einer roten Ampel den Audi stoppte.
Mir lief es kalt den Rücken hinab, denn ich erkannte das Schulhaus. Ich hatte es vor mir gesehen, als ich bei Dr. Foster die Augen geschlossen hatte. Der Treppenaufgang, die Fenster mit den Blumen und den Schmetterlingen, die Glastüren - kein Zweifel -, letztere öffneten sich just in diesem Augenblick. Ich ertappte mich dabei, dass ich ängstlich zum Eingangsbereich blickte, ob jemand mit einer Pistole in der Hand das Gebäude verließ. Doch nichts dergleichen. Lediglich zwei Jungen kamen heraus, sie rannten los und liefen um die Wette.
Susanne fuhr weiter quer durch die Innenstadt. Wenn ich in dieser Stadt gelebt hatte, mussten mich meine Wege zwangsläufig öfter hierher geführt haben.
Ein Imbiss, ein Schuhladen, ein Modehaus, eine Filiale der Sparkasse. Ich konzentrierte mich. Doch nichts tauchte in meinem Gedächtnis wieder auf.
Das Bahnhofsgebäude kam ins Blickfeld, ein hässlicher, grauroter Neubau. Susanne bog dort nach links ab, die Bahnhofsstraße entlang, dann zur Rechten durch eine Unterführung, später an einer langen Friedhofsmauer vorbei. Nach einigen weiteren Schwenks gelangten wir in ein Wohngebiet.
„Jetzt ist es nicht mehr weit", sagte sie und stoppte kurz darauf vor einem Mehrfamilienhaus.
Ich verließ den Wagen und sah mir das Haus genau an. Ich vermutete, dass der Block in den fünfziger Jahren gebaut worden war. Ein Zweckbau der Nachkriegszeit, bevor das Wirtschaftswunder wieder etwas aufwändigere Baustile erlaubt hatte.

Seltsam, dass ich mich an historische Dinge problemlos erinnern konnte - Weimarer Republik, Nazideutschland, Wirtschaftswunderzeit, deutsche Teilung und Wiedervereinigung -, aber nicht erfassen konnte, dass dies hier mein Zuhause war.
Ein Blick auf die Klingelschilder bestätigte, dass Susanne mich korrekt zum Ziel geführt hatte. Auf einem stand 'Fuchs'. In der Mitte der zweiten Reihe von unten. Ich wohnte also im ersten Stock.
Susanne hielt bereits den Hausschlüssel in der Hand und sperrte auf.
Sie ging voran und ich folgte ihr.

12. Kapitel

Im Eingangsbereich lag Laub, die Fußmatte war schmutzig und an der Decke entdeckte ich Spinnweben. Falls es hier so etwas wie eine 'Kehrwoche' gab, so hatte sich schon lange niemand mehr darum geschert.

Wir stiegen nach oben. Das Treppenhaus roch muffig und so, als hätte jemand vor kurzem hier Zigarren geraucht.

Im Hochparterre hatte jemand ein Hakenkreuz auf die Wand geschmiert, jemand anderes hatte – vermutlich aus Protest oder Scham – Striche ergänzt und damit ein geometrisches Muster daraus gemacht. Das Hakenkreuz war in etwas dunklerer Farbe und deswegen immer noch als solches erkennbar.

Welch ein Unterschied zu den aseptischen Verhältnissen im Krankenhaus.

Es handelte sich hier definitiv um sozialen Wohnungsbau. Kein Zweifel.

Meine Autoüberführungen für die Mietwagenfirma schienen nicht besonders ertragreich gewesen zu sein.

Im ersten Stock hielt Susanne an. Wie im Parterre gab es auch hier drei Mietparteien. Susanne steckte den Schlüssel ins Schloss der mittleren Tür und drehte ihn herum, bis es klackte.

Mir fiel auf, dass das Namensschild an der Türklingel leer war.

Ich fühlte Widerwillen. Ich wollte hier nicht wohnen.

Was würde mich da drin erwarten?

Erst einmal wehte mir ein angenehm frischer Luftzug entgegen, als Susanne die Tür öffnete.

„Ich war heute morgen schon hier und habe gelüftet“, sagte sie und trat ein.

Nachdem ich ihr gefolgt war, stand ich in einer kleinen Diele, ich schätzte sie auf drei bis vier Quadratmeter, nach links, nach rechts und nach vorne ging jeweils eine Tür ab, alle standen offen.

Geradeaus erkannte ich eine Toilettenschüssel und eine Wanne, gefliest war das Bad in einem altmodischen, gelben Farbton. Auf den ersten Blick sah es ordentlich aus.
Ich wandte mich nach rechts und sah mich um.
Ich stand in einem Wohnzimmer mit einer Kochnische, die Wände, ursprünglich weiß gestrichen, von jahrelangem Rauchen jedoch gebräunt. Die Küchenzeile sah aus, als habe sie der Vermieter – vermutlich eine kommunale Einrichtung - vor vielen Jahren einbauen lassen und nie erneuert. Die Ecken der Schränke abgestoßen; die Farbe blätterte ab; eine Tür hing etwas schief in ihren Angeln; eine Schublade stand leicht geöffnet, vermutlich war sie verzogen und ließ sich nicht mehr korrekt schließen.
Eine Glastür führte auf einen winzigen, leeren Balkon.
Susanne nahm auf dem abgesessenen, roten Sofa Platz und strahlte mich an. Gerade so, als hätte sie es sich im Wellnessbereich eines Luxushotels bequem gemacht.
Hier in dieser Umgebung wirkte sie völlig deplatziert.
Ich nicht.
„Herzlich willkommen zu Hause!“, sagte sie und meinte dies keineswegs sarkastisch.
In einer Ecke des Raums stand ein kleiner Esstisch und zwei Stühle, auf dem Tisch ein bunter Blumenstrauß.
Alles hier wirkte verwohnt, aber ordentlich und sauber.
„Ich habe hier noch klar Schiff gemacht, ehe ich dich abgeholt habe.“
„Danke“, sagte ich knapp und fragte mich, wie es wohl vorher hier ausgesehen hatte.
Ein unguter Verdacht beschlich mich.
Bislang war ich immer davon ausgegangen, dass ich zusammen mit Susanne wohnen würde. Sie hatte dies zwar nie erwähnt, aber ich hatte auch durch keine ihrer Äußerungen darauf schließen können, dass dem nicht so wäre.
Jetzt glaubte ich allerdings nicht mehr daran.
Eine solch schicke Frau, BWL-Studentin, die einen neuen, schwarzen Audi fuhr, passte hier nicht herein.

Ich ging zurück in die Diele und dann durch die gegenüberliegende Tür.
Das Schlafzimmer, wie bereits vermutet.
Aber kein Doppelbett, nein, das Bett war schmal, schätzungsweise achtzig oder neunzig Zentimeter.
Ich spürte, dass mein Bein begann, taub zu werden. Mir wurde schwindlig und ich setzte mich rasch auf die Bettkante, ehe ich das Gleichgewicht verlieren konnte.
Susanne erschien im Türrahmen und blickte mich besorgt an.
Nein, sie passte hier nicht herein, überhaupt nicht.
Und ich fragte mich, wie sie überhaupt zu mir passte.

13. Kapitel

„Am besten mache ich dir erstmal ein heißes Süppchen, ja?“
Ein Bier wäre mir lieber, dachte ich, oder ein Jägermeister.
Aber ich schwieg und folgte ihr in die Wohnküche. Dort steckte ich mir eine Zigarette an. Inzwischen wusste ich, dass Susanne nicht rauchte, und erwartete eine Zurechtweisung. Doch sie sah zwar, dass ich mit dem Feuerzeug die Zigarette entzündete, kommentierte es aber nicht.
Es war ja auch meine Wohnung und nicht unsere gemeinsame.
Susanne ging auf den Balkon und bückte sich. Zurück kam sie mit einem Aschenbecher in der Hand, den sie vor mich auf den Wohnzimmertisch stellte. Auch er war sauber. Susanne schien wirklich ganze Arbeit geleistet zu haben.
Dann zerlegte sie einen halben Blumenkohl in Röschen und schnitt zwei Zwiebeln in kleine Stücke. Zusammen mit Sahne und verschiedenen Gewürzen gab sie alles in einen Topf und erhitzte ihn auf einer Herdplatte.
Ich beobachtete und war erneut irritiert.
Auf welche Weise war ich nur an diese Frau gekommen?
„Wie haben wir uns kennengelernt?“
Susanne drehte sich zu mir und lachte.
„Ich habe deine verwunderten Blicke bemerkt und mir schon gedacht, dass du mir diese Frage stellen willst.“
Erneut widmete sie sich dem Herd. Inzwischen duftete es wunderbar nach Blumenkohl und ich stellte fest, dass ich ihn mochte. Susanne hatte dies – im Gegensatz zu mir – gewusst. Ich drückte meine Zigarette aus.
„Und?“
„Was 'Und?'?“
Ich wiederholte meine Frage.
„Wichtig ist doch nur, dass wir zusammen sind, oder?“
Warum erzählte sie es mir nicht einfach?
Gab es da ein weiteres Geheimnis?
Ich stand auf und ging zum Kühlschrank. Tatsächlich: Sie

hatte sogar Bier besorgt. Sie war wirklich eine Traumfrau und das Hier und Heute phantastisch.
Und als sie sah, dass ich mir ein Bier herausgeholt hatte, reichte sie mir sogleich einen Öffner.
Was wünschte man sich als Mann mehr?
Gut, vielleicht nach der Suppe noch ein schönes Stück Fleisch.
Aber schließlich waren wir ja gerade erst aus dem Krankenhaus zurückgekehrt. Gut Ding will Weile haben.
Zurück auf dem Sofa nahm ich einen großen Schluck aus der Flasche.
Das erste Bier seit Wochen.
Es schmeckte herrlich.
Mir wurde bewusst, wie sehr ich den Geschmack vermisst hatte.
Ich lehnte mich zurück, streckte mich und beobachtete, wie diese attraktive Frau an meinem Herd arbeitete.
Susanne verteilte die Suppe auf zwei Teller und kam zu mir aufs Sofa.
Sie reichte mir einen und schmiegte sich an mich.
Ja, jetzt, im Hier und Heute war ich restlos glücklich.
Ganz bewusst genoss ich dieses wunderbare Gefühl.
Denn wer konnte schon wissen, wie lange dieser Glückszustand anhalten würde?

14. Kapitel

„Also, wie haben wir uns kennengelernt?“
Susanne schaute mich an, als müsse sie überlegen. Ihre Stirn runzelte sich und sie benötigte einige Sekunden, ehe sie antwortete.
„Es war auf dem Jahrmarkt“, sagte sie schließlich.
Ach ja, der Rummel. Ich liebte ihn. Plötzlich entstanden Bilder vor meinem geistigen Auge.
Ein Kinderkarussell mit einem Polizeiwagen, einem Feuerwehrauto und einem silberfarbenen Cabriolet mit dem Gesicht von Micky Maus auf der Tür. Ich sah ein Kettenkarussell, Menschen, jung und alt, die sich fröhlich lachend im Kreis bewegten. Einen Autoscooter, Jugendliche, die eine Karambolage nach der anderen verursachten und sich darüber freuten, bunte Lichter.
Plötzlich hatte ich den Geruch von gebrannten Mandeln in der Nase und von Popcorn.
Ich hörte kreischende Kinder und laute, sich überlagernde Disco- und Schlagermusik.
Waren dies meine eigenen Erinnerungen?
Oder weckte der Begriff 'Jahrmarkt' nur Assoziationen in mir? Sinneswahrnehmungen, die man nun einmal mit einem Rummel verband.
„Was ist los?“, fragte Susanne. „Fällt es dir gerade selbst ein?“
„Ich weiß es nicht.“
„Ich stand etwas abseits, schräg hinter einer Imbissbude, an einem Stehtisch.“
Ich konzentrierte mich und bildete mir ein, den Verkaufsstand vor mir zu sehen.
„Ich wollte eigentlich nur kurz in meiner Mittagspause über den Jahrmarkt gehen, um mir einen Backfisch zu holen. Den esse ich doch so gerne.“
Erneut machte sie eine kleine Pause. Vermutlich wartete sie, ob neue Erinnerungsfetzen bei mir auftauchten. Ich

konzentrierte mich.
„Ich freue mich immer schon Tage zuvor darauf und es ist jedes Jahr mein erster Weg auf dem Jahrmarkt. Danach wollte ich noch etwas weiter über den Rummel schlendern, aber dann auch bald nach Hause. Alleine macht der Jahrmarkt nicht so viel Spaß und für den Abend war ich mit ein paar Freundinnen für einen längeren Besuch verabredet."
Sie blickte mich fragend an. Welche Reaktion erwartete sie?
„Du hattest sofort gesehen, dass es mir schlecht ging. Ich muss kreidebleich gewesen sein."
Ich stellte mir Susanne vor, wie sie an dem Imbiss stand.
„Du bist zu mir gekommen und hast mich gefragt, ob alles in Ordnung sei. Genau in diesem Moment sind mir die Beine weggeklappt. Du konntest gerade noch zugreifen und mich halten, ehe ich zu Boden fiel."
„Dir war übel?", halb bestätigte ich, halb fragte ich.
„Ja. Der Backfisch muss wohl schlecht gewesen sein. Du hast mich dann etwas abseits geführt, hinaus aus dem Lärm, weg von den vielen Menschen und dem ganzen Trubel. Ich wäre beinahe ohnmächtig geworden. Doch du hast dich untergehakt und mich gestützt."
Jetzt sah sie mir direkt in die Augen.
„Das kannst du doch nicht vergessen haben!"
Ich blickte sie ratlos an und sie fuhr fort: „Dann, in einer Seitenstraße, habe ich mich übergeben. Es war superpeinlich und du erzählst die Geschichte mit großer Freude bei jeder sich bietenden Gelegenheit."
Ja, das konnte ich mir vorstellen.
„Danach fühlte ich mich besser. Du hast mich dann noch nach Hause begleitet. So haben wir uns kennengelernt."
Diese kleine Geschichte hörte sich sehr schön an und ich wollte sie gerne glauben.

15. Kapitel

„Ich dachte, dass wir heute Abend vielleicht ins Steakhaus gehen könnten“, sagte sie, nachdem wir die Suppe gegessen hatten.
Konnte Susanne etwa Gedanken lesen?
Sie lachte.
„Du machst einen Gesichtsausdruck, als hätte ich dir eben die Frage nach dem Sinn des Lebens beantwortet.“
Obwohl ich gerade erst gegessen hatte, lief mir beim Gedanken an ein Steak das Wasser im Mund zusammen.
„Ah, du scheinst dich an dein Leibgericht zu erinnern.“
Und wie ich das tat. Ich hatte das Gefühl, ich würde gleich zu sabbern beginnen.
„Die Blumenkohlsuppe war für das Zuhause-Ankommen. Ich habe sie so zubereitet, wie du sie dir immer wünschst. So, wie sie früher deine Mutter für dich gemacht hat.“
Oh ja, ich hatte sie bereits als Kind geliebt.
Blumenkohl. Rummel. Konnte es sein, dass mein Gedächtnis gerade damit begann, das verschüttet Geglaubte freizulegen?
An meine Mutter erinnerte ich mich nicht, aber an einen Suppenteller. Wenn man die Suppe ausgelöffelt hatte, konnte man am Boden des Tellers Obelix mit einem Hinkelstein auf dem Rücken erkennen.
„Wenn du immer aufisst, wirst du genauso groß und stark“, hörte ich eine weibliche Stimme.
Das war keine falsche Erinnerung, das war meine eigene aus Kindheitstagen. In diesem Moment wusste ich es.
„Ja“, bestätigte ich und Susanne freute sich über meine Antwort.
„Und das Steakhaus? Wir waren mindestens einmal die Woche dort vor deinem ...“
Ich schüttelte den Kopf.
Aber am liebsten wäre ich sofort dorthin gegangen.
Susanne nahm mich in den Arm und streichelte mir übers

Haar.
„Vielleicht hilft ja Clifford deinem Gedächtnis auf die Sprünge."
„Clifford?"
„'Clifford's Best Steakhouse In Town.'"
Nein, auch bei der Erwähnung des Restaurantnamens klingelte bei mir nichts.
Ihre Hand wanderte weiter zu meiner Wange. Sie berührte sie sanft und es erregte mich.
„Aber erst heute Abend. Jetzt gibt es erst mal eine Nachspeise", meinte sie.
Ich streichelte mit meiner Hand über ihren Bauch und wanderte dann langsam mit meinen Fingern nach unten.
Susanne lachte und ließ meine Wange los.
„Nein, nicht diese Art von Nachspeise. Ich habe noch Vanillepudding im Kühlschrank."
„Vergiss den Pudding", sagte ich und griff ihr beherzt zwischen die Beine.
Sie rückte von mir weg, überlegte.
„Also gut", sagte sie schließlich und grinste. „Dann gibt es den Pudding eben später."
Erneut versuchte ich, sie zu berühren.
„Aber nicht hier", hielt sie mich davon ab. „Gehen wir lieber hinüber ins Bett."
Warum nicht?
„Warte noch einen Moment und trinke in Ruhe dein Bier aus, ja? Ich leg mich in der Zwischenzeit schon mal hinein und wärm' es für dich vor."
Meine Traumfrau, dachte ich erneut und nickte.
Susanne ging leise hinaus und ich leerte die Flasche, während ich durch die Balkontür hinaus auf einen Strommasten starrte.
Dann zog ich mich aus und folgte ihr.
Jetzt war ich völlig perplex: Niemand lag in meinem Bett! Es war völlig unberührt und sah exakt so aus, wie ich es vorhin beim Eintreten in die Wohnung vorgefunden hatte.
Ich stand nackt im Türrahmen und fror.

Vielleicht war Susanne noch auf der Toilette?
Ich klopfte an der Tür, aber niemand antwortete. Also drückte ich die Türklinke. Doch auch dort: Von Susanne fehlte jede Spur.
Wo steckte sie nur?
„Susanne?“, fragte ich leise. Keine Reaktion.
Im Schloss der Wohnungstür steckte der Schlüssel. Ich wollte die Tür öffnen, um nachzusehen, ob sie vielleicht im Treppenhaus war. Doch es klappte nicht. Es war abgeschlossen.
Ich verstand überhaupt nichts mehr – und zitterte.
Susanne konnte sich doch nicht in Luft aufgelöst haben!
Ratlos kehrte ich in die Wohnküche zurück.
Dort stand nur noch ein Teller auf dem Tisch, der zweite fehlte.
Auf der Küchenzeile lag eine leere, grüne Suppentüte.
Aber Susanne hatte die Suppe doch frisch zubereitet. Mit eigenen Augen hatte ich gesehen, dass sie Blumenkohl und Zwiebeln geschnitten hatte.
Ich öffnete den Kühlschrank: Von dem versprochenen Vanillepudding keine Spur.
Plötzlich bekam ich rasende Kopfschmerzen.
Ich hatte die ganze Zeit über gar nicht mehr an den Wundverband an meiner Stirn gedacht. Auch nicht, als Susanne mir übers Haar gestreichelt hatte.
Jetzt meldete sich meine Verletzung mit aller Kraft zurück und auch mein Kreislauf spielte verrückt.
Ich hatte Angst, das Gleichgewicht zu verlieren, und konnte mich gerade noch rechtzeitig aufs Sofa setzen. Dann schwanden mir die Sinne.

16. Kapitel

Die Kälte ließ mich irgendwann wieder erwachen.
Ich lag nackt auf dem Sofa.
Draußen war es inzwischen dunkel geworden. Als sich meine Augen an die Sichtverhältnisse gewöhnt hatten, sah ich, dass vor mir auf dem Tisch immer noch der eine einzelne Suppenteller stand.
Susanne, dachte ich.
Was war passiert?
Ich konnte es nicht begreifen.
Waren dies die Fehlfunktionen meines Gehirns, vor denen mich Dr. Lorenz gewarnt hatte?
Hatte Susanne einfach die Wohnung verlassen und war nach Hause gefahren?
„Gehen wir lieber hinüber ins Bett."
Hatte sie diesen Satz wirklich gesprochen oder war dies mein Wunschdenken gewesen?
Ein Missverständnis?
Konnte es sein, dass sie etwas anderes gesagt hatte?
„Ich fahre jetzt nach Hause. Ich muss ins Bett."
Und danach war sie einfach gegangen?
Aber wie hätte sie die Wohnungstür von innen abschließen können?
Erstmal anziehen. Ich knipste das Licht an und schlüpfte in Jeans, T-Shirt und Sweatjacke. Auf der Arbeitsplatte in der Kochnische lag immer noch das leere Päckchen Blumenkohlsuppe. Sehr mysteriös.
Ob ich mir nur eingebildet hatte, Susanne hätte für uns gekocht?
Oder spielte mir jemand einen Streich?
Dafür infrage käme ja dann wiederum nur Susanne.
Aber welchen Grund sollte sie dafür haben?
Und wie hätte sie so schnell den zweiten Teller beseitigen können?
Mein Blick fiel auf die Balkontür. Ob sie ihn einfach

hinausgeworfen …
Ich stand auf und sah ins Freie. Ein sinnloses Unterfangen, denn natürlich konnte ich in der Dunkelheit draußen überhaupt nichts mehr erkennen. Außerdem hätte sie inzwischen lange genug Zeit gehabt, den Teller zu holen und verschwinden zu lassen.
Halt!
Da draußen war etwas. Ein Glimmen, wie von einer Zigarette.
Jetzt war es wieder erloschen.
Aber Susanne rauchte doch nicht, oder?
Ich konnte mich nicht daran erinnern, sie bei ihren Krankenhausbesuchen jemals mit einer Zigarette gesehen zu haben.
Dann fiel mir wieder der Schlüssel ein und ich drehte mich erneut im Kreis: Wie hatte sie es angestellt, die Wohnung zu verlassen und von innen abzusperren?
Moment mal.
Vielleicht war es gar nicht so passiert!
Möglicherweise war sie im Badezimmer, als ich ins Schlafzimmer gesehen hatte, und war dann schnell hinter meinem Rücken ins Wohnzimmer gehuscht.
Hinter dem Sofa wäre Platz genug, um sich hinzulegen und zu verstecken. Vorher hatte sie noch schnell den Teller vom Balkon geworfen und die leere Packung Suppe auf die Arbeitsfläche gelegt.
Was für eine krude Erklärung! Warum hätte sie das alles tun sollen?
Aber damit hätte ich die Lösung, warum die Tür von innen verschlossen war: Sie hatte sich zu diesem Zeitpunkt immer noch in der Wohnung aufgehalten.
Andererseits hieße das, dass die Tür nun offen sein müsste.
Rasch ging ich zu ihr und testete es.
Tatsächlich: Die Tür ging auf.
Doch vielleicht hatte ich sie vorhin selbst aufgeschlossen. Hatte ich nicht nachsehen wollen, ob Susanne im Treppenhaus war?

Sie musste sie danach nicht mehr aufsperren. Sie konnte die Wohnung einfach verlassen, während ich ohnmächtig gewesen war.
Aber noch einmal: Warum sollte sie dies alles tun?
Susanne liebte mich doch.
Oder?

17. Kapitel

Es gab nur eine Person, die mir die Geschichte erklären könnte.
Susanne selbst.
Ich würde sie einfach anrufen.
'Einfach anrufen', von wegen.
Ich wusste weder ihre Rufnummer, noch hatte ich ein Telefon.
Aber irgendwo musste doch eines sein. Ein Festnetzgerät hatte ich in der Wohnung nicht entdecken können, doch ich konnte mir nicht vorstellen, dass ich kein Handy besessen hatte.
Ich begann meine Suche im Schlafzimmer und wurde sehr schnell in der Schublade meines Nachtschränkchens fündig.
Als ich es einschaltete, blieb das Display jedoch schwarz.
Klar: Das Handy war seit Wochen nicht benutzt worden.
Weiter hinten in der Schublade entdeckte ich ein Ladekabel und versorgte das Gerät mit Strom.
Jetzt hieß es ein paar Sekunden Geduld haben, bis das Handy wieder funktionsfähig war.
Ich überbrückte die Zeit, indem ich an der Bettwäsche roch.
Ich versuchte, mich an das Parfüm von Susanne zu erinnern, als sie mich in ihrem Audi nach Hause gefahren hatte. War da ein besonderer Duft gewesen? Ich wusste es nicht mehr.
Das Kopfkissen und der Bettbezug rochen lediglich nach Waschmittel.
Kein Körpergeruch. Kein Parfüm. Keine Susanne.
Ich drückte den Einschaltknopf des Handys und es startete mit einer kurzen, lauten Melodie. Ich glaubte, sie zum ersten Mal in meinem Leben zu hören.
Das Handy verlangte eine vierstellige Ziffernfolge zur Entsperrung und ich gab mein Geburtsdatum ein. Es funktionierte.
Rasch rief ich die Datenbank auf, doch sie war leer. Weiter zur Anruferliste. Auch hier: nichts.

SMS. What's-App. E-Mails. Sämtliche Funktionen und Apps wirkten jungfräulich auf mich, wie bei einem Neugerät.
Jemand musste sie gelöscht haben!
Susanne! Wer sonst?
Sie hatte den Schlüssel zu dieser Wohnung besessen. Sie hatte geputzt und Staub gewischt, während ich im Krankenhaus gewesen war.
Aber sie war doch so liebevoll zu mir gewesen!
Hatte mich im Krankenbett gefüttert, hatte mich umsorgt und gestreichelt.
Hatte mich nach Hause gefahren und mir Trost gespendet.
War auf dem Handy etwas gewesen, das ich nicht erfahren sollte?
Vielleicht hatte sie mich betrogen und ich hatte dies herausgefunden?
Und in den What's-App-Nachrichten hätte ich dies möglicherweise nachlesen können.
Die auf mich gerichtete Pistole erschien vor meinem inneren Auge.
War es dieser Nebenbuhler gewesen, der auf mich geschossen hatte?
Oder gar Susanne selbst?
So viele Fragen.
Ein Notizbuch, fiel mir ein, vielleicht gab es ein Notizbuch, in dem ich mir wichtige Rufnummern aufgeschrieben hatte.
Ich durchsuchte die ganze Wohnung: die Schlafzimmerschränke, den Bettkasten, die Küchenzeile, den Phonoschrank, das Badezimmer. Nichts.
Ratlos setzte ich mich auf die Bettkante.
Susanne fehlte mir.
Und es gab im Moment nichts, was ich tun konnte, um sie zu erreichen.
Ich spürte, wie meine Augen feucht wurden.
Warum hatte sie mich verlassen?
Hatte ich etwas Falsches gesagt oder getan?
Wo und wie sollte ich die Suche nach ihr beginnen? Ich wusste noch nicht einmal ihren Nachnamen.

Plötzlich klingelte mein Handy.
Im ersten Moment erschrak ich, dann schöpfte ich Hoffnung.
Susanne.
Sicher war sie es, die mich anrief.
Gleich würde sich alles aufklären.
Rasch griff ich zum Handy und drückte die Rufannahme.
„Susanne?“, sagte ich, ohne lange zu zögern.
Aus weiter Ferne hörte ich eine krächzende Stimme. Es fiel mir schwer zu verstehen, was sie sagte.
Doch ich glaubte, es richtig zu deuten: „Im Wald.“
Aber es war eindeutig eine Männerstimme.
Ehe ich weiter nachfragen konnte, hatte der Mann aufgelegt.

18. Kapitel

„Wieder diese ominöse Susanne", sagte Dr. Foster.
Ich saß ihm gegenüber in der Sitzgruppe seines Behandlungszimmers und wunderte mich erneut über seine bunten Klamotten.
Vor uns auf dem Tischchen standen zwei Tassen, aus denen es dampfte. Es roch nach Pfefferminz.
Was meinte der Psychologe nur damit?
„Sie sagen, Susanne hätte Sie mit ihrem Wagen vom Krankenhaus abgeholt."
Ich nickte.
„Aber niemand hat Sie beobachtet, wie Sie eingestiegen sind oder wie Sie zu Hause angekommen sind."
Beschämt blickte ich zu Boden.
„Es hat Sie jemand gesehen, ja?", vermutete Dr. Foster richtig und ich nickte, ohne aufzusehen.
„Wer?"
„Eine Nachbarin."
„Und?"
Ich wollte die Frage nicht beantworten.
„Erzählen Sie", drängte Dr. Foster.
Verlegen griff ich nach der Tasse. Sie war sehr heiß und ich ließ sie sofort wieder los.
„Sie sagt ..."
„Ja?"
Ich wiederholte, was sie mir gesagt hatte: „... ich sei aus einem Taxi ausgestiegen."
Ihr altes, faltiges Gesicht sah ich förmlich vor mir. Ich hatte ihr gesagt, sie müsse sich täuschen, aber sie blieb bei ihrer Aussage.
Ich blickte Dr. Foster genau in die Augen: „Sie muss mich verwechselt haben."
„Herr Fuchs, Sie sagen selbst, dass die Wohnungstür von innen verschlossen war, dass nur ein Teller auf dem Tisch stand und dass auf der Arbeitsfläche die leere Suppentüte

lag."
Ja, so war es ja auch gewesen.
„Gehen wir einmal kriminalistisch an die Sache. Was erzählen uns die Indizien?"
Wieder verweigerte ich die Antwort.
„Sie hatten eine schwere Kopfverletzung, Herr Fuchs. Ihr Gedächtnis spielt Ihnen Streiche. Sie sind mit dem Taxi nach Hause gefahren und haben sich eine Tütensuppe gemacht. Sie waren den ganzen Abend über alleine."
Nein, nein, nein.
„Sie erinnern sich auch nicht, dass Sie mir schon einmal von Susanne erzählt haben, oder?"
Was meinte er?
„Bei einer unserer ersten Sitzungen haben Sie mir erzählt, dass Susanne eine der ersten Personen war, die Sie nach dem Aufwachen aus dem Koma gesehen haben."
Genau so war es.
„Susanne hat Sie mit Apfelstücken gefüttert, richtig?"
„Ja", bestätigte ich.
„Aber niemand hat Susanne je gesehen."
Was meinte er?
„Weder eine der Krankenschwestern oder -pfleger noch einer der Ärzte. Sie hatten lediglich Besuche von der Polizei während Ihres Krankenhausaufenthaltes."
„Das stimmt nicht."
„Oh, doch. Und wir haben dieses Gespräch schon einmal geführt. Ich habe in Ihrem Beisein drüben im Krankenhaus angerufen und auf Mithören geschaltet. Zuerst war eine Schwester am Apparat – ich glaube, sie hieß Kathrin - danach Ihr behandelnder Arzt Dr. Lorenz."
Schwester Kathrin, natürlich. Sie hatte mich von Anfang an auf dem Kieker gehabt.
Aber warum steckte Dr. Lorenz mit ihr unter einer Decke?
„Susanne hat mich mehrfach im Krankenhaus besucht. Ich bilde mir das nicht ein."
„Doch", widersprach Dr. Foster. „Sie müssen Geduld mit sich haben, Herr Fuchs. Alles wird sich wieder klären. Es ist

nur eine Frage der Zeit."
Floskeln. Nichts als Floskeln.
Jetzt musterte er mich. Schließlich zog er eine Augenbraue nach oben.
„Wäre es Ihnen lieber, Sie würden rund um die Uhr einen Ansprechpartner und eine medizinische Betreuung haben?"
Er wollte mich einweisen!
„Ich bin nicht verrückt!", sagte ich und sprang auf. So unkontrolliert, dass ich mit dem Knie an den Tisch stieß. Die beiden Teetassen wackelten und Dr. Foster beugte sich rasch nach vorne, um sie zu greifen und zu stabilisieren.
„Ich glaube, es wäre wirklich das Beste für Sie, Herr Fuchs."
Ich drehte mich um und ging.
„Es gibt keine Susanne!", hörte ich ihn noch sagen, aber ich wusste, dass er log.
Er hatte sich mit Schwester Kathrin und Dr. Lorenz gegen mich verschworen.
Daran hatte ich nun keinen Zweifel mehr.

19. Kapitel

Als ich mit dem Bus nach Hause fuhr, hatte ich die stille Hoffnung, ich würde Susanne in meiner Wohnung vorfinden.
Ich stellte mir vor, wie sie im Bett lag und das Laken einladend zur Seite schlug.
Sie lächelte mich auffordernd an. Ich sollte mich zu ihr legen, mich eng an sie schmiegen.
Dann, bei meiner Wohnungstür angekommen, hatte ich Angst.
Bereits den Schlüssel ins Schlüsselloch zu stecken, kostete mich große Überwindung.
Was, wenn er plötzlich nicht mehr passte?
Was, wenn mein Zuhause genauso verschwand wie meine Liebste?
Unsinn. Ich musste ankämpfen gegen diese stetig wachsende Paranoia. Und solange ich sie noch als solche erkannte, war doch alles gut, oder?
Rasch schloss ich auf. Es klackte. Die Tür öffnete sich. Natürlich.
„Susanne?“, flüsterte ich erwartungsvoll. Doch niemand antwortete.
Ohne die Jacke und die Schuhe auszuziehen stellte ich mich in den Türrahmen des Schlafzimmers und knipste das Licht an.
Das Bett sah genauso aus, wie ich es heute Morgen verlassen hatte. Ungemacht, denn ich war einfach aufgestanden und hatte mich danach nicht mehr um Bettbezug und Kopfkissen gekümmert.
Auch in Bad und Wohnküche: keine Spur von Susanne.
Mir war nach Weinen zumute, aber keine einzige Träne verließ meine Augen. Männer sollten nicht weinen!
Aus dem Kühlschrank holte ich mir ein Bier und setzte mich aufs Sofa. Ich benötigte kein Glas, ich nahm direkt einen großen Schluck aus der Flasche.

Mein Blick wanderte hinüber zur Balkontür: Draußen war es bereits dunkel geworden.
Dieses Zigarettenglimmen kam mir in den Sinn. Ich hatte es draußen gesehen, kurz nachdem Susanne verschwunden war.
Die Flasche in der Hand haltend stand ich auf und ging in Richtung Balkon. Ich sah hinaus und – tatsächlich – da war es wieder; an der gleichen Stelle, neben einem Baumstamm, und diesmal erlosch es nicht. Ich fixierte es einige Sekunden, es wanderte nach oben und wieder zurück, mehrfach. Gerade so, als würde jemand Züge nehmen und den Arm danach wieder nach unten baumeln lassen.
Mir wurde klar, dass die Person dort unten mich im Licht der Wohnküche genau erkennen konnte.
War es Susanne, die mich beobachtete?
Aber sie rauchte doch gar nicht!
Und warum sollte sie sich so seltsam verhalten?
Ich konnte es nur herausfinden, indem ich nach unten ging und mich der Situation stellte.
Immer noch trug ich Schuhe und Jacke. Also eilte ich das Treppenhaus hinab, die Hand weiterhin um den Hals der Bierflasche. Das beruhigte mich. Notfalls könnte ich sie als Waffe benutzen.
Hinaus in die Dunkelheit und ums Haus herum.
So langsam gewöhnten sich meine Augen an die Sichtverhältnisse und aus der Finsternis schälten sich die Umrisse des Baums, bei dem ich das Zigarettenglimmen gesehen hatte.
Doch da war niemand. Ich umrundete den Baum. Nichts.
Vielleicht könnte ich einen Zigarettenstummel finden …
Ich nahm mein Handy aus der Innentasche meiner Jacke und schaltete es ein, um ein wenig Licht zu haben. Dann richtete ich das Display auf den Boden und es erhellte den Bereich am Fuß des Baums.
Aber ehe ich etwas entdecken konnte, zuckte ich zusammen: Mein Handy vibrierte und gleichzeitig klingelte es.
Fast hätte ich es vor Schreck losgelassen.
Ich drehte es um, um zu sehen, wer mich anrief.

'Unbekannt', las ich im Display.
Auffordernd vibrierte und klingelte es erneut.
Ich ging dran.
Die Stimme, die sich meldete, war die gleiche, die ich schon einmal übers Handy gehört hatte. „Im Wald“, hatte sie damals geheimnisvoll geflüstert.
Diesmal sagte sie: „Sieh nach oben!“
Und als ich hinauf zu meiner Balkontür blickte, stand ein Mann dort, der selbst ein Handy ans Ohr hielt. In der anderen Hand hatte er eine Zigarette.

20. Kapitel

Na, der konnte etwas erleben!
Ich wäre beinahe gestolpert, während ich in der Dunkelheit zurück zum Haus und darum herum rannte. Die Haustür stand offen und ich hetzte die Stufen hinauf.
Schwer atmend blieb ich vor meiner eigenen Wohnungstür stehen.
Aber war dies überhaupt meine eigene Wohnungstür?
Sicherheitshalber las ich das Namensschild neben der Türklingel: Fuchs.
Aber war das wirklich mein Name? Oder bildete ich ihn mir genauso ein wie die Frau, die mich aus dem Krankenhaus abgeholt hatte?
Schluss jetzt! Nicht von der Paranoia überrollen lassen.
Natürlich ist das dein Name! Sebastian Fuchs!
Moment mal. Als mich Susanne hierher gebracht hatte, war da kein Schild mit meinem Namen gewesen, oder? Jemand musste es also zwischenzeitlich angebracht haben. Aber wer? Und warum?
Mein Blick ging zurück zur Tür. Sie war lediglich angelehnt.
Was würde mich in der Wohnung erwarten?
Meine Hand schloss sich fester um den Hals der Flasche. Ich hielt sie so, dass ich rasch ausholen und zuschlagen konnte, falls dies erforderlich sein sollte. Mit der anderen schob ich langsam die Tür auf.
In der kleinen Diele stand niemand.
Vorsichtig ging ich hinüber in die Wohnküche.
Auf dem Sofa saß seelenruhig ein Mann und hielt eine Waffe in der Hand. Sie zielte genau auf mich.
Sofort drängte sich meine Vision in den Vordergrund: Das waren die Hand und die Pistole, die ich bereits gesehen hatte!
„Bastian! Was ist mit dir?“, sagte der Mann und starrte auf die Flasche in meiner Hand, die ich eben zum Zuschlagen erhob.
Und plötzlich verwandelte sich die Pistole. Ich hatte mich

getäuscht: Der Fremde hielt lediglich eine Packung Zigaretten in der Hand, die er mir entgegenstreckte. Einer der Glimmstängel lugte daraus hervor. Ich ließ die Bierflasche sinken und griff nach der Zigarette.

Erschöpft setzte ich mich zu dem Mann auf dem Sofa und er gab mir Feuer.

„Du bist ja völlig außer Atem, Bastian."

Ich musterte ihn und er wirkte vertraut auf mich. Vermutlich kannten wir uns.

„Tut mir leid, dass ich dich so erschreckt habe."

„Du bist ...", begann ich den Satz, doch der Mann half mir nicht bei der Lösung. Stattdessen tippte er mit seinem Zeigefinger auf meine Schläfe: „Das Köpfchen hat wohl doch etwas gelitten."

„Jemand hat auf mich geschossen."

„Aber das weiß ich doch, Bastian."

„Warst du das?"

Er lachte laut auf.

„Es hat ja noch mehr gelitten, als ich dachte. Was wäre denn das für ein alter Kumpel, der auf dich schießen würde?"

Sein Grinsen wirkte falsch. Ich traute Jochen nicht.

Jochen. Ja, genau, er hieß Jochen.

Und ich war ihm bereits begegnet. Im Park der Klinik. Auf dem Weg von Dr. Foster zurück zu meinem Krankenzimmer.

Wieder einmal keimte Hoffnung in mir auf, dass sich die vielen Lücken in meinem Gedächtnis tatsächlich schließen könnten.

„Willst du mir nicht auch ein Bier anbieten?"

Ich stand auf und holte ihm eins aus dem Kühlschrank.

Er öffnete es, indem er den Kronkorken an die Tischkante ansetzte und beherzt darauf schlug. Dann prostete er mir zu.

„Auf die alten Zeiten."

Ich nickte, doch ich bezweifelte, dass es 'gute' alte Zeiten waren.

„Du kannst dich nicht an mich erinnern, oder?"

„Nein, das kann ich nicht."

Und wieder lachte er. Er schien meine Erkrankung nicht sehr ernst zu nehmen.
„Wir hatten ja schon den einen oder anderen gemeinsamen Blackout. Aber soviel hatten wir noch nie gesoffen, dass wir uns nicht mehr aneinander erinnern konnten."
„Jemand hat auf mich geschossen", wiederholte ich meine Worte.
„Ich weiß, Bastian, ich war doch dabei."
Meine Hand, die die Bierflasche hielt, begann zu zittern.
„Du warst dabei?"
„Klar doch!"
„Wer? Wer hat auf mich geschossen?"
„Bist du dir sicher, dass du es nicht wieder vergisst, wenn ich es dir erzähle?"
Was sollte das nun wieder heißen? Hatte er es mir schon einmal verraten und ich konnte mich nicht mehr daran erinnern?
Ich spürte Verärgerung in mir aufsteigen.
„Jetzt rück' schon raus mit der Sprache."
„Du bist dir sicher, dass du bereit dafür bist?"
Ich schrie ihn an: „Ja!"
Genüsslich nahm er einen Schluck Bier, dann sog er an seiner Zigarette.
„Also, es war im Wald."
Und als er 'im Wald' sagte, wurde mir erneut bewusst, dass es seine Stimme gewesen war, die ich am Telefon gehört hatte.
„Was war dort im Wald?"
Ich ertappte mich dabei, dass ich auf dem Sofa hin und her rutschte.
„Ich könnte es ja etwas spannender machen."
Am liebsten hätte ich ihn gepackt und die Wahrheit aus ihm herausgeschüttelt.
„Also, Susanne war es nicht."
Susanne. Er kannte Susanne. Sie war also kein Fantasiegebilde, wie Dr. Foster mir einzureden versuchte.
„Susanne", sagte ich, „es gibt sie tatsächlich."

Ich fühlte einfach nur großes Glück und lehnte mich aufatmend zurück.
Dann schloss ich die Augen und dachte an sie zurück. Wie sie mich gefüttert hatte, wie sie mich abgeholt hatte, wie sie für mich gekocht hatte.
Als ich die Augen wieder öffnete, war Jochen nicht mehr da.

21. Kapitel

Vor mir auf den Pflastersteinen, im Licht der Straßenlaterne, lagen inzwischen fünf Zigarettenkippen.

Jochen war genauso aus meiner Wohnung verschwunden wie zuvor Susanne. Doch anders als sie hatte er Spuren hinterlassen: eine leere Flasche Bier und eine angefangene Zigarettenschachtel.

Letztere hatte ich an mich genommen und steckte mir nun den sechsten Glimmstängel an, während ich das Gebäude auf der gegenüberliegenden Straßenseite beobachtete.

Über einer doppelflügeligen Glastür prangten weiße Buchstaben auf dunkelblauem Untergrund: POLIZEI.

Ich trat von einem Fuß auf den anderen.

Eine Vermisstenanzeige wollte ich aufgeben. Eine Vermisstenanzeige von einer Frau, von der ich lediglich den Vornamen wusste. Keine Wohnanschrift, kein Geburtsdatum, keinen Nachnamen.

Doch ich wusste nicht mehr weiter.

Wer sonst könnte mir noch helfen?

Jochen war nicht erreichbar. Bei seinem Handy, dessen Nummer mein eigenes Mobiltelefon bei seinem Anruf automatisch gespeichert hatte, meldete sich immer nur die Computerstimme einer Mailbox.

Was Dr. Foster sagen würde, war mir völlig klar. Für ihn existierte keine Susanne. Er hielt sie nach wie vor für eines meiner Hirngespinste.

Also blieb mir nur dieser schwere Gang.

Ich fühlte mich wie ein Vampir, der durch eine Knoblauchplantage musste.

Es juckte mich an meinen Armen und ich kratzte mich.

Du musst da hinein, Sebastian, es hilft alles nichts.

Ohne die sechste Zigarette zu Ende geraucht zu haben, warf ich sie von mir. Ich verzichtete darauf, sie auszutreten. Stattdessen machte ich einen Schritt aus dem Lichtkreis der Straßenlaterne hinaus in die Dunkelheit, und ging dann –

langsam, aber zielstrebig – auf das Eingangsportal der Knoblauchplantage zu.
Mein ganzer Körper meldete sich nun und signalisierte Stress, jede Faser, jede Nervenzelle.
Ich glaubte, es würden überall Pickel aus meiner Haut schießen.
Am liebsten hätte ich mich an allen Stellen gleichzeitig gekratzt. Oder mich einfach umgedreht und Reißaus genommen.
Aber ich musste wissen, was mit Susanne geschehen war! Musste wissen, ob ich noch Herr meiner Sinne oder längst dem Wahnsinn verfallen war.
Sobald ich unter dem dunkelblauen Polizeischild hindurch geschritten war und die Glastüren passiert hatte, ging es mir besser. Das Jucken und Unwohlsein endete abrupt. Es bestätigte mir, dass ich das Richtige getan hatte.
Ich befand mich in einer Art Schleusenraum und hinter einer Scheibe zu meiner Rechten saß eine junge Polizistin; vermutlich steckte sie noch in der Ausbildung. Sie sah mich fragend an und aktivierte dann eine Sprecheinrichtung, mithilfe derer sie sich mit Personen hier im Vorraum unterhalten konnte. Sicherheit ging über alles.
„Was kann ich für Sie tun?", wollte sie von mir wissen und ich hörte mich, ohne weiter darüber nachzudenken, eine Antwort geben.
„Ich möchte eine Vermisstenanzeige aufgeben."
Als ob dies eine Art Codewort gewesen wäre, drückte sie einen Knopf, der, begleitet von einem Summton, eine weitere Glastür öffnete, die ins Innere des Gebäudes führte.
Ich schritt hindurch und als sich die Tür hinter meinem Rücken wieder schloss, fühlte ich mich, als hätten sich gerade eben die Kiefer eines Drachen geschlossen, der mich schon bald in seiner Magengrube willkommen heißen wollte.
Eine andere Polizistin kam mir entgegen, etwas älter als die, die mich hereingelassen hatte.
Sie begrüßte mich mit Handschlag, stellte sich mir vor und bat mich, ihr zu folgen. Bereits im nächsten Augenblick hatte

ich ihren Namen schon wieder vergessen.
Wir erreichten ihr Büro. Während sie hinter einem Computermonitor Platz nahm, bot sie mir einen Stuhl auf der anderen Seite ihres Schreibtischs an.
Was sollte ich ihr nur sagen, wenn sie nach Name und Adresse der vermissten Person fragte?
Für das Überlegen einer Antwort hatte ich noch etwas Zeit, denn sie wollte zuerst meine eigenen Personalien aufnehmen.
Ich nannte meinen Namen, mein Geburtsdatum und meine Adresse.
Sie schien irgendetwas auf ihrem Bildschirm zu lesen, dann runzelte sie die Stirn.
„Bitte warten Sie einen Moment, Herr Fuchs."
Mir schwante Übles.
Bereits kurze Zeit später kam sie zurück, hinter ihr der Zwerg aus dem Krankenhaus: Kriminaloberkommissar Bahr. Er erschien mir größer als bei seinem letzten Besuch an meinem Krankenbett.
Bahr verzog keine Miene, als er mich begrüßte: „Wie schön, dass Sie hier sind. Ich wollte Sie ohnehin besuchen."
Ich wunderte mich, dass er nach seinen nervtötenden Stippvisiten in der Klinik nicht schon längst bei mir zuhause aufgetaucht war.
„Was können wir für Sie tun?"
Wenigstens durfte ich zuerst mein Anliegen loswerden, ehe er mich wieder mit penetranten Fragen quälte.
„Ich möchte eine Vermisstenanzeige aufgeben", wiederholte ich meine Worte.
Er setzte sich auf den Schreibtischstuhl der Polizistin. Diese blieb an der Tür stehen und beobachtete mich. Das gefiel mir ganz und gar nicht.
Es wirkte gerade so, als wolle sie mich aufhalten, falls ich auf den Gedanken käme, hinausrennen zu wollen.
Bahr blickte mir tief in die Augen, als könne er in mich hineinsehen.
„Wen vermissen wir denn?", fragte er.

Was war das denn für eine Formulierung?
Er beugte sich auf mich zu und schien dabei zu wachsen. Das verunsicherte mich.
„Susanne“, sagte ich leise.
„Susanne, soso. Und ich dachte, Sie könnten sich an nichts erinnern.“
„Das kann ich auch nicht.“
„Aber an Susanne Aurum erinnern sie sich jetzt wieder, ja?“
Aurum.
Endlich hatte ich ihren Nachnamen! Es gab sie also wirklich. Dr. Foster täuschte sich.
Doch es klingelte nichts in mir, als Bahr den Namen aussprach. Mir war, als hörte ich ihn zum ersten Mal in meinem Leben.
„Was ist mit Ihnen, Fuchs?“
Mir fiel sehr wohl auf, dass er das 'Herr' weggelassen hatte.
Ich ging wieder zu meiner Strategie mit den Gegenfragen über: „Wissen Sie, wo sie ist, Bahr?“
Er sollte spüren, dass ich mich ihm ebenbürtig fühlte.
„Das zumindest sollten Sie doch selbst wissen. Woran erinnern Sie sich denn nun?“
„Sie hat mich vom Krankenhaus abgeholt.“
„Das hat sie sicher nicht.“
„Sie war bei mir zuhause und hat für mich gekocht.“
„Nein.“
„Doch.“
„Was spielen Sie hier für ein Spiel mit uns, Fuchs? Wo ist Susanne Aurum?“
Mir wurde schlecht - und ich verlor das Bewusstsein.

22. Kapitel

Als ich wieder zu mir kam, befand ich mich immer noch in der Polizeistation.

Das vermutete ich zumindest, denn abgesehen von Bahr und der Polizistin, die ich bereits kannte, standen zwei Uniformierte im Raum.

Ich selbst lag auf einer Liege, einer der Polizisten löste gerade eine Manschette von meinem Arm.

„Der Blutdruck ist soweit normal“, sagte er, danach griff er nach meinem Handgelenk und legte Zeige- und Mittelfinger auf die Innenseite.

Nach einigen weiteren Sekunden, während derer er auf seine Armbanduhr sah, meinte er: „Der Puls auch.“

Bahr ließ mich nicht zur Ruhe kommen.

„Ich glaube, dass Sie simulieren, Fuchs.“

Er sah mich fragend an. Was wollte er von mir?

„Bereits als Sie im Krankenhaus lagen, hatte ich diesen Verdacht. Sie täuschen uns über Ihren wahren Zustand.“

Das tat ich nicht!

Bahr wurde deutlich lauter, als er weitersprach: „Glauben Sie etwa, es wäre mir nicht aufgefallen, dass Sie nur so getan hatten, als würden Sie schlafen? Sie konnten die Ärzte und Krankenschwestern dort in die Irre führen, mich nicht!“

Den letzten Satz hatte er fast geschrien.

Dann kam er mit seinem Gesicht ganz nahe an das meine und senkte seine Stimme: „Und jetzt tun Sie auch noch so, als würden Sie in Ohnmacht fallen, wenn wir Ihnen unbequeme Fragen stellen.“

Sein Flüstern machte mir noch mehr Angst als sein Brüllen.

„Mit mir nicht, Fuchs, mit mir nicht. Ich bin schon mit ganz anderen fertig geworden.“

Ich blieb einfach bei meiner Taktik: Schweigen.

„Ich möchte von Ihnen wissen, was mit Susanne Aurum passiert ist. Was haben Sie mit ihr gemacht?“

Wie bitte?

„Ich weiß überhaupt nicht, wovon Sie reden. Ich suche selbst nach Susanne."
„Soll das irgendeine Strategie sein? Sich dumm stellen? Gedächtnisverlust vortäuschen? Das funktioniert nicht, Fuchs."
„Das ist keine Strategie. Ich suche sie doch selbst. Sie ist aus meiner Wohnung verschwunden!"
„Nun reden Sie doch keinen Unsinn! Susanne Aurum war noch nie in Ihrer Wohnung."
„Woher wollen Sie das wissen?"
„Es gibt keinen einzigen Hinweis darauf. Außerdem haben wir Ihre Wohnung untersucht."
„Wann?"
„Während Sie im Krankenhaus lagen."
Hätte ich das nicht bemerken müssen?
„Ist mir nicht aufgefallen", sagte ich.
„Ich glaube nicht, dass man es hätte übersehen können."
Aber Susanne hatte meine Wohnung doch auf Vordermann gebracht, ehe sie mich aus dem Krankenhaus abgeholt hatte. Hatte sie dabei auch die Spuren der Hausdurchsuchung beseitigt?
Das passte doch alles nicht zusammen.
Dr. Foster behauptete, Susanne würde gar nicht existieren. Bahr dagegen bestätigte mir, dass es Susanne gab, bezweifelte jedoch, dass sie jemals in meiner Wohnung war.
Was denn nun?
Waren alle um mich herum verrückt geworden?
Oder etwa doch ich selbst?
„Wir werden Sie erst einmal hier behalten, Fuchs."

23. Kapitel

Ich wusste überhaupt nicht mehr, wie mir geschah.

Ich war doch nur hierher gekommen, um eine Vermisstenanzeige aufzugeben. Nun geleiteten mich die beiden Uniformierten hinab in den Keller der Polizeistation. Sie führten mich in einen Trakt, in dem auf beiden Seiten jeweils zwei Türen abgingen. Hinter den Türen ein kleiner Vorraum vor der eigentlichen Zelle, die mit Gitterstäben vom Vorraum abgetrennt war.

Ich kannte solche Zellen. Sie wurden benutzt, um jemanden kurzfristig festzusetzen. Zum Beispiel, wenn einer betrunken randalierte. Hier konnte er sich über Nacht ausnüchtern. In solchen Zellen durfte man niemanden länger als 24 Stunden festhalten. Dann musste man ihn gehen lassen oder einen Haftbefehl erwirken und ihn in ein Untersuchungsgefängnis bringen.

Woher wusste ich das?

War ich schon einmal hier gewesen?

In der Zelle lag lediglich eine Matratze auf dem Boden. In einer Ecke des kleinen Raums war ein Loch eingelassen, durch das man sein Geschäft erledigen konnte. Mehr nicht.

Hinter mir klackte der Schlüssel in der Gittertür.

„Halt!“, rief ich. „Warten Sie! Was wird mir eigentlich vorgeworfen? Sie dürfen das nicht!“

Die beiden Polizisten ignorierten mich. Als wäre ich eine Fliege, die hinter ihren Köpfen surrte und niemanden interessierte, schlossen sie kommentarlos auch die Tür zum Gang.

Gnädigerweise hatten sie das Licht im Vorraum angelassen, denn es gab kein Fenster.

Sehr hell war es nicht, aber für jemanden, der hier nur kurze Zeit aushalten musste, sollte es wohl ausreichen.

Ich hätte toben können, an der Zellentür rütteln, die Polizisten beschimpfen.

Aber nein, das wollte ich nicht.

Ich legte mich auf die Matratze und starrte an die Decke.
Sie sollten erkennen, dass ich ein ruhiger und besonnener Mensch war. Schließlich war ich unschuldig. Alle Verdächtigungen würden sich in Wohlgefallen auflösen.
Unschuldig ...
Unschuldig …
Bahr hatte wissen wollen, was ich mit Susanne gemacht hatte.
Vielleicht wollte er mir etwas anhängen …
Ich machte die Augen zu.
„Blutdruck und Puls sind völlig normal“, sprach eine Stimme neben mir.
Rasch öffnete ich die Augen wieder und blickte umher.
Da war niemand, weder vor noch hinter den Gitterstäben.
Alles um mich herum unverändert.
Aber ich hatte die Worte doch laut und deutlich gehört!
Und die Stimme hatte ich gekannt. Eine Frau war es gewesen, kein Zweifel. Aber wer?
Erneut schloss ich meine Lider.
„Wir lassen die Dosis unverändert“, hörte ich nun einen Mann sagen.
„In Ordnung“, bestätigte die Frau.
Dann hörte ich die Schritte von zwei Personen, die sich entfernten.
Meine Arme. Schon wieder juckten sie.
Als ich hinsah, wirkten sie, als hätte jemand an verschiedenen Stellen Nadeln hineingestochen und diese dann wieder entfernt. Überall entlang der Adern rote Punkte.
Hatte ich früher Drogen genommen?
Erlebte ich gerade irgendwelche Flashbacks?
Ich hatte davon gehört, dass Leute, die bereits seit Jahren clean waren, noch unter Flashbacks leiden konnten.
War das die Erklärung für all die Ungereimtheiten in meinem Leben?
Hatte mein Gehirn durch übermäßigen Drogenkonsum irreparable Schäden erlitten?
Was hatte ich damals genommen?

LSD? Crack? Heroin?
Aber ich wusste noch nicht einmal, ob man das spritzte oder schnupfte oder anderweitig in den Körper brachte.
Plötzlich erkannte ich, um wessen Stimmen es sich gehandelt hatte: Schwester Kathrin und Dr. Lorenz.
War es eine Rückerinnerung an meinen Krankenhausaufenthalt gewesen? Ein Dialog, der so stattgefunden hatte, während ich im Koma gelegen hatte? Mein Unterbewusstsein kramte ihn gerade wieder hervor, als wolle es mir die verlorene Zeit zurückgeben?
Warum jetzt? Warum hier?
Ich hatte keine Ahnung.
Vielleicht zwang mich dieser unfreiwillige Zellenaufenthalt zur Ruhe und zur Rückbesinnung.
Wäre ja zumindest ein positiver Nebenaspekt.
Vielleicht klappte es erneut, wenn ich die Augen wieder schloss.
Doch diesmal vernahm ich nichts. Nichts, außer dem leisen Summen der Leuchtstoffröhre im Vorraum.
Ich musste eingeschlafen sein, denn ich erschrak und erwachte, als jemand meinen Namen rief.
An den Gitterstäben stand einer der beiden Polizisten. Er hielt ein Tablett in den Händen, darauf ein Becher und ein Teller, aus dem es dampfte. Beide Geschirrstücke bestanden aus Plastik. Daneben lag ein Apfel. Der Uniformierte streckte mir das Tablett durch eine Aussparung im Zellengitter entgegen.
Jetzt entdeckte ich, dass der andere hinter ihm stand und die Szenerie beobachtete. Vermutlich als Absicherung, falls ich Unfug machte.
Doch daran dachte ich nicht einen Augenblick lang.
Ich verspürte tatsächlich Hunger und Durst, stand auf und griff nach dem Tablett.
Als ich in den Teller sah und mich gleichzeitig das Aroma der Suppe in der Nase kitzelte, zuckte ich zusammen. Beinahe hätte ich Teller und Becher fallen gelassen.
Die servierten mir ausgerechnet Blumenkohlsuppe!

Und dann noch der Apfel: ohne Zweifel ein Golden Delicious.
Was für Zufälle!
Oder waren es etwa gar keine?
Wollten die Bullen mich provozieren?
Hatte ich ihnen davon erzählt, dass Susanne mich im Krankenhaus gefüttert und später zu Hause bekocht hatte? Ich wusste es nicht mehr.
Nein, ich würde mir keine Blöße geben.
Ich bedankte mich artig und setzte mich wieder auf die Matratze.
Während ich aß und trank – kalter Pfefferminztee – beobachteten mich die zwei. Als ich fertig war, forderten sie das Plastikgeschirr zurück und verließen mich wieder.
Erneut schlief ich und als ich wieder zu mir kam, wusste ich nicht, wie viel Zeit vergangen war.
Eine Stunde?
Ein halber Tag?
Die Tür zum Gang öffnete sich. Diesmal war es Bahr selbst, der eintrat, ganz allein.
„Sie können gehen, Herr Fuchs“, sagte er kleinlaut und sperrte die Zellentür auf.
Ja, er hatte sogar 'Herr' gesagt.
„Danke, Herr Bahr.“
Er sollte ruhig wissen, dass es mir aufgefallen war.
Sogar die Tür hielt er mir auf und ich schritt hindurch.
Dann geleitete er mich durch das Polizeigebäude, bis wir schließlich den Empfangsbereich passierten. Eine andere Polizistin schob dort inzwischen ihren Dienst. Sie beobachtete nur; grüßte weder mich noch Bahr, als sie den Türöffner betätigte.
Dann trat ich hinaus ins Freie und hinter mir schlossen sich die Türen.
Es war bereits hell – und es regnete.

24. Kapitel

Zum Glück hatte die Polizei mich gehen lassen.
Natürlich hatten sie das! Schließlich war ich unschuldig.
Die Verdachtsmomente hatten nicht ausgereicht, um mich noch länger festzuhalten.
Was nun?
Sollte ich in die Innenstadt gehen? Dort gab es mehrere Anwaltskanzleien, wie ich mich zu erinnern glaubte. Vermutlich brauchte ich über kurz oder lang einen Strafverteidiger.
Aber was warf man mir überhaupt vor?
Es hatte keinen Zweck, einen Anwalt aufzusuchen, solange ich ihm noch nicht einmal sagen konnte, was die Polizei von mir wollte.
Ob Bahr es überhaupt selbst wusste?
Oder stand er ebenfalls vor einer unklaren Gemengelage?
Zweifellos hatte es mit Susanne zu tun.
Sie stellte den Schlüssel zu meinem Dilemma dar. Daran hatte ich keinen Zweifel mehr. Sie musste ich suchen. Wenn ich Susanne fand, könnte sie mir alles erklären.
Ziellos führte ich meinen Weg fort. Immer noch regnete es.
'Susanne Aurum' hatte Bahr sie genannt.
Kein sehr häufiger Nachname, er sagte mir nichts. Ich glaubte nicht, jemanden zu kennen, der so hieß.
Andererseits sollte die Seltenheit des Namens die Suche danach erleichtern.
Die Leute, die mir entgegenkamen, schienen mich anzustarren.
Warum?
Weil ich der einzige war, der ohne Regenschirm unterwegs war?
Oder gab es eine andere Ursache?
Ich erreichte die Karstadtfiliale nahe der ursprünglichen Stadtmauer. Hier begann die City mit ihren Einkaufsstraßen.
Inzwischen war ich durch und durch nass. Die Wärme des

Kaufhauses tat mir gut und trocknete mich. Ehe ich Karstadt wieder verließ, kaufte ich mir einen Schirm. Erst als ich ihn draußen öffnete, entdeckte ich, dass auf seiner Oberfläche ein überdimensionierter Stinkefinger abgebildet war. Ich musste erneut an Bahr denken und schmunzelte.
Bereits nach wenigen Metern hörte der Regen auf.
Natürlich. Zur Zeit befand ich mich wirklich auf der Gewinnerstraße.
Hoffentlich blieb mir wenigstens mein Zynismus erhalten.
Ich passierte den Marktplatz, den zentralen Punkt der Stadt und ging einfach weiter.
Wohin?
Es wurde mir klar, als ich davor stand: Internetcafé.
Wäre doch gelacht, wenn ich via Suchmaschine nichts über den Namen Aurum herausfinden könnte.
Also ging ich hinein und setzte mich an einen der Rechner.
Nachdem ich Susannes Nachnamen und den Ortsnamen eingegeben hatte, spuckte der Computer sofort ein Ergebnis aus.
Aber klar doch. Warum war mir das nicht sofort eingefallen?
Natürlich kannte ich den Namen: Bankhaus Konrad Aurum AG, das einzige private Bankhaus hier in der Region. Jeder kannte es.
Ich klickte auf 'Über uns'. Das Bankhaus war bereits im 19. Jahrhundert gegründet worden, hatte Kriege und Finanzkrisen erfolgreich überstanden. Es galt als solide und stark in der Region verwurzelt. Ein Fels in der Brandung des großen Meeres, das die Globalisierung darstellte. 'Klein, aber fein'.
Heute wurde es von Rüdiger Aurum geführt, ein Ururenkel des Unternehmensgründers.
Von einer Susanne las ich nichts.
Ich tippte 'dasörtliche.de' in die Adresszeile des Browsers, dann wieder 'Aurum' und den Namen meiner Heimatstadt.
Fehlanzeige, das Telefonbuch der Deutschen Telekom meldete keinen Eintrag.
Da ich inzwischen von einem verwandtschaftlichen

Verhältnis ausging, versuchte ich es mit 'Rüdiger + Susanne + Aurum' in der Suchmaschine.
Diesmal hatte ich Glück, die Ergebnisliste wies zwei Treffer aus.
Susanne Aurum und zwei weitere Mädchen waren in die Landeshauptstadt eingeladen worden, weil sie das Abitur mit einem Schnitt von 1,0 bestanden hatten. Dort war auch die Rede davon, dass Susanne aus einer alt eingesessenen Bankiersfamilie stammte.
Ich schaute auf das Datum des Artikels. Es lag mehr als fünf Jahre zurück. Susanne wäre also jetzt Mitte Zwanzig. Das passte. Bingo!
Der andere Artikel war fast fünfzehn Jahre alt.
Ein Einbrecher hatte versucht, in die Villa der Aurums einzudringen. Die kleine Susanne war – als hätte sie einen sechsten Sinn – mitten in der Nacht aufgewacht und hatte ein Geräusch im Garten gehört. Daraufhin hatte sie aus dem Fenster gesehen und einen Schatten entdeckt. Sie hatte ihren Vater alarmiert und dieser die Polizei.
So konnten die Beamten endlich den Mann dingfest machen, der bereits seit Monaten sein Unwesen im Blumenviertel trieb und bereits mehrere Häuser ausgeraubt hatte.
Sogar ein Bild der zehnjährigen Susanne fand sich beim Artikel.
Ich erkannte die Gesichtszüge wieder. Meine Susanne!
Doch noch viel wichtiger für mich war die Nennung des Ortes.
Nun wusste ich endlich, wo ich meine Suche beginnen würde: im Blumenviertel.
Ich bräuchte dort nur nach der Villa Ausschau zu halten, die sich ebenfalls auf einem Foto neben dem Bild von Susanne befand.
Als ich das Internetcafé verließ und nach oben blickte, sah ich einen blauen und wolkenlosen Himmel und in der Ferne, in Richtung des Blumenviertels, einen Regenbogen.

25. Kapitel

Zu Fuß dauerte es eine knappe halbe Stunde, bis ich am Nelkenweg eintraf, der ersten Straße, die zum Blumenviertel gehörte.
Da ich keine Ahnung hatte, wo die Villa der Aurums stand, ging ich ihn erst einmal entlang. Am hinteren Ende machte er eine Kurve und traf im rechten Winkel auf den Lilienweg.
Bislang hatte kein einziges der Häuser eine Ähnlichkeit mit dem Foto aus dem Internetartikel gezeigt. Ich ging weiter in den Lilienweg und gerade in dem Moment, als ich mich umdrehte, fiel mein Blick auf einen glatzköpfigen Mann, der um die Kurve des Nelkenwegs kam.
Ich erschrak, denn ich hatte ihn heute bereits gesehen. An zwei verschiedenen Stellen.
Das erste Mal in der Karstadtfiliale. Als ich an der Kasse gestanden hatte, um meinen Regenschirm zu bezahlen, hatte er sich weggedreht und seine Aufmerksamkeit einem Verkaufsständer mit Schlüsselanhängern gewidmet. Wiedergesehen hatte ich ihn, nachdem ich aus dem Internetcafé ins Freie hinaus getreten war. Er hatte gegenüber in einem Hauseingang gestanden und erneut auffällig zur Seite geblickt, als ich ihn entdeckte. Da hielt ich es noch für einen Zufall. Jetzt nicht mehr.
Bestimmt hatte Bahr ihn mir hinterher geschickt. Daran zweifelte ich keine Sekunde.
Ich beschleunigte meinen Schritt und erreichte rasch den abzweigenden Krokusweg. Dort versteckte ich mich hinter einer Garage.
Und schon hörte ich, dass sich jemand näherte. Der Glatzkopf kam die Straße entlang und sah sich um. Für einen Augenblick begegneten sich unsere Blicke und als er zusammenzuckte, wusste ich, dass ich mit meiner Vermutung recht hatte: Er verfolgte mich.
Er tat so, als kümmerte ich ihn nicht und setzte seinen Weg fort. Bereits nach wenigen Sekunden konnte ich ihn nicht

mehr sehen. Und doch wusste ich, dass er dort hinten irgendwo auf mich lauerte.
Da ich selbst im Viertel auf der Suche war, würde ich ihm kaum entgehen können.
Doch was wollte er?
Glaubte er etwa, dass ich ihn zu Susanne führen würde?
Ich wusste doch selbst nicht, wo sie war. Wenn sie Susannes Nachnamen kannten, dann müsste ihnen doch – anders als mir – klar sein, wo ihr Zuhause war.
Ich ging zurück in den Lilienweg und dann weiter in den Tulpenweg. Ohne den Glatzkopf erneut zu sehen, war mir bewusst, dass er wieder hinter mir war.
Und plötzlich stand ich vor der gesuchten Villa.
Obwohl das Foto fünfzehn Jahre alt gewesen war, bestand kein Zweifel.
Die Villa befand sich auch heute noch in hervorragendem Zustand, um sie herum ein gepflegter Garten.
Durch diesen musste damals der Einbrecher gekommen sein und hinter einem der Fenster hatte die kleine Susanne ihn beobachtet und ihrem Vater Bescheid gegeben.
Tapfere, kleine Susanne.
Meine Susanne.
Ich wollte sie wiederhaben.
Auf der Türklingel am Gartentor stand tatsächlich der Name 'Aurum'.
Ohne weiter zu zögern, drückte ich darauf.
„Ja, bitte. Wer ist da?“, hörte ich kurz darauf eine weibliche Stimme aus der Sprechanlage.
Ich nannte meinen Namen.
Die Frau schien zu überlegen, denn es dauerte ein paar Sekunden, bis ein Summton erklang.
Ich drückte das Gartentor auf und ging auf das Haus zu.

26. Kapitel

Die Haustür der Villa öffnete sich, als ich mich näherte. Im ersten Moment dachte ich, ich sähe Susanne dort im Türrahmen stehen, doch dann verwandelte sich das Gesicht in eine ältere Ausgabe der Frau, nach der ich suchte. Sie musterte mich, neugierig und ängstlich zugleich. Dann trat sie zur Seite, um mir Platz zu machen, und ich ging an ihr vorbei in eine geräumige Diele, die in ihren Dimensionen und ihrer Ausstattung eher einer Empfangshalle glich und größer als meine komplette Wohnung war.

Ein roter Teppich lag in der Mitte, er allein hatte eine Fläche von mindestens zehn Quadratmetern. An den Seitenwänden rustikale Schränke und Kommoden, Landschaftsbilder mit Wäldern, Wiesen und Höfen des Umlands der Stadt, mal bedeckt mit weißem Schnee, mal in strahlendem Sonnenschein.

Mehrere Vasen mit Blumen standen hier, sie verströmten Düfte und vermittelten Frische.

Eine offene, breite Treppe führte in den ersten Stock zu einer Galerie. Genau wie hier unten gingen dort mehrere Türen ab.

Die Frau, die mich eingelassen hatte, stand einfach nur da und beobachtete mich.

„Frau Aurum?“, fragte ich und streckte ihr meine Hand entgegen.

Ein leichtes Nicken folgte, doch den Begrüßungshandschlag verweigerte sie mir.

Ihr Blick wanderte weiter zu einer der Türen. Ich folgte ihm und entdeckte eine junge Frau, die dort stand. Sie trug Reinigungshandschuhe.

„Gehen Sie bitte nach Hause, Frau Seidel.“

Die Angesprochene zog ihre Handschuhe aus, ohne einen weiteren Kommentar.

„Lassen Sie die Sachen einfach so stehen. Ich räume sie selbst weg. Kommen Sie morgen früh wieder.“

Frau Seidel verschwand hinter einer Ecke und kehrte kurz darauf wieder zurück. Sie trug jetzt eine Jacke. Ohne ein Wort der Verabschiedung verließ sie die Villa.
Nun ging Frau Aurum durch eine doppelflügelige Tür. Ich folgte ihr und trat in einen Raum ein, den ich als Salon bezeichnen würde. So etwas hatte ich bisher nur in Filmen gesehen.
Ebenfalls rustikale Möbel. Bis an die Decke reichende Bücherregale, ein dunkelrotes schweres Sofa mit zwei dazugehörenden Ohrensesseln, ein schwerer Eichentisch, den ein weiteres Blumenarrangement zierte.
Zwischen den Regalen immer wieder Porträts von Männern in historischer Kleidung. Handelte es sich bei ihnen um die Vorfahren der Aurums?
Ohne eine diesbezügliche Aufforderung abzuwarten, setzte ich mich in einen der Sessel.
Für einen Moment zögerte Frau Aurum, dann nahm sie mir gegenüber auf dem Sofa Platz, ganz vorne auf der Sitzfläche. Die Beine eng beieinander, den Rücken leicht gekrümmt, den Kopf gesenkt; sie sah aus wie ein Häufchen Elend.
„Was wollen Sie?“, fragte sie, ohne aufzublicken.
„Wollen Sie mir nichts zu trinken anbieten?“
Sie schluckte und fuhr sich mit der rechten Hand über ihr Auge. Weinte sie?
„Ich könnte Ihnen ein Bier anbieten. Oder lieber einen Whisky?“
Das hörte sich doch gut an.
„Mein Mann hat eine große Auswahl hier. Er trinkt abends gerne mal ein Gläschen.“
„Bringen Sie mir den teuersten, den er hat.“
So eine Chance hatte ich vermutlich nie wieder.
Sie stand sofort auf, um ihn mir zu holen. Das gefiel mir.
Als sie zurückkehrte und das Glas mit Whisky und Eiswürfeln vor mir auf den Tisch stellte, bemerkte ich, dass ihre Hand zitterte.
„Warum so nervös?“, sagte ich, nachdem ich mich für das Getränk bedankt hatte.

Sie setzte sich wieder und sah genauso aus wie zuvor.
„Was wollen Sie?", wiederholte sie ihre Frage lauter und eindringlicher.
„Es geht um Susanne."
Beim Aussprechen des Namens hatte sie kurz gezuckt.
Doch sie sagte nichts, sondern wartete, bis ich fortfuhr.
„Ich suche sie."
Zum ersten Mal seit meiner Ankunft sah sie mir direkt in die Augen, ihr Gesicht ein einziges Fragezeichen.
„Was ist? Sie haben doch eine Tochter namens Susanne?"
Meine Frage schien nicht dazu geeignet, ihre Verwirrung zu verringern. Für einen Moment dachte ich, sie würde das Bewusstsein verlieren.
„Warum quälen Sie mich?"
Mir war nicht klar, was sie meinte.
Ich nippte am Whisky. Er schmeckte hervorragend.
„Wo sie wohl ist?", fragte ich und Frau Aurum begann, leise zu wimmern.
„Was sind Sie nur für ein Mensch?", flüsterte sie kaum hörbar.
„Susanne ist nicht hier, oder?"
„Sie wissen genau, dass sie nicht hier ist."
Nein, das wusste ich nicht.
„Es wäre bestimmt eine hübsche Stange Geld wert, wenn bekannt wäre, wo sie sich aufhält", sagte ich, ohne so recht zu wissen, warum.
„Wie viel wollen Sie?"
„Ich würde Susanne für kein Geld auf der Welt eintauschen. Ich liebe sie."
Ihr Weinen wurde lauter. Wenig damenhaft wischte sie sich die Tränen mit den Ärmeln ihrer Bluse aus dem Gesicht.
„Wir möchten unsere Tochter wiederhaben. Geben Sie sie uns zurück."
„Aber ich möchte sie doch ebenfalls bei mir haben. Und sie möchte bei mir sein. Ich fühle das, tief in meinem Herzen fühle ich das."
Den nächsten Satz aus ihrem Mund verstand ich nicht. Er

ging unter zwischen Schluchzen, Weinen und Luftholen. Aber ich glaubte, das Wort 'Schwein' zu vernehmen.
Dann hörte ich, dass jemand die Haustür aufsperrte.
Und nur einen Augenblick später stand ein Mann im Türrahmen des Salons. Nadelstreifenanzug, gedeckte Krawatte mit dezenten Streifen, glänzende Schuhe. Seitenscheitel, Brille, erboster Blick.
„Verlassen Sie sofort mein Haus!“, sagte er mit bemerkenswert ruhiger Stimme.
Dann entdeckte er seine Frau, setzte sich zu ihr und nahm sie in den Arm. Jetzt ließ sie sich völlig gehen. Sie sank in sich zusammen und wimmerte.
„Schon gut“, sagte er sanft und streichelte über ihren Kopf. „Zum Glück hat mir Frau Seidel gleich Bescheid gegeben.“
Er sah wieder auf, seine Augen funkelten mich an.
„Was fällt Ihnen überhaupt ein? Kommen hierher, trinken meinen Whisky und belästigen meine Frau. Und das nach all dem, was Sie unserer Familie angetan haben!“
Ach ja, der Whisky.
Ich nahm das Glas in die Hand und trank es in einem Zug leer.
Der Alkohol stieg mir sofort in den Kopf.
Hier kam ich nicht mehr weiter.
Die beiden Jammergestalten würden mich gewiss nicht zu Susanne führen.
Ich musste einen anderen Weg finden.
Ich stand auf und verließ die Villa der Aurums.

27. Kapitel

Draußen vor der Tür kehrten meine Gedanken zu dem glatzköpfigen Kerl zurück.
Ich sah mich um, doch ich konnte ihn nirgends entdecken.
Meine Beine juckten. Dass ich kratzte, half nicht. Sie fühlten sich irgendwie taub an.
Ich ging los, wollte mich in Bewegung halten. Das sollte den Kreislauf und die Blutzirkulation anregen.
Doch es fiel mir schwer, denn ich fühlte mich plötzlich sehr müde.
Die Nacht in der Zelle forderte ihren Tribut. Die Suche nach Susanne und der Besuch bei ihren Eltern hatten mich wachgehalten, doch nun holte mich der fehlende Schlaf ein.
Mein Körper signalisierte mir, dass ich eine Ruhepause bräuchte.
Also beschloss ich, erst einmal nach Hause zu gehen und mich hinzulegen; dazu musste ich quer durch die City ans andere Ende der Stadt.
Ich schätzte, dass ich etwa eine Dreiviertelstunde unterwegs sein würde. Den Fußmarsch hätte ich mir gerne erspart, aber ich konnte weit und breit kein Taxi entdecken.
Einem Instinkt folgend griff ich an meine Gesäßtasche und mir wurde bewusst, dass eine Taxifahrt sowieso nicht möglich wäre, denn ich hatte überhaupt kein Portemonnaie bei mir.
Aber halt, ich hatte doch vorhin einen Regenschirm gekauft und danach war ich in dem Internetcafé gewesen. Wie hatte ich denn jeweils bezahlt?
Und wo war der Regenschirm geblieben?
Ich führte ihn nicht mehr mit mir. Hatte ich ihn in der Villa der Aurums vergessen?
Als hätte der Himmel ebenfalls bemerkt, dass ich keinen Schirm mehr hatte, begann es zu tröpfeln.
Meine Gedanken kehrten zu Dr. Foster zurück. Er hatte davon gesprochen, dass mein Gehirn mir durchaus auch

weiterhin Streiche spielen würde. Es könnte also sein, dass mich meine Erinnerungen trogen.
Oder war es Dr. Lorenz gewesen, der das gesagt hatte?
Verdammt!
Ich wusste es nicht mehr.
Verzweifelt versuchte ich, mich zu erinnern. Doch in meinem Kopf verschwammen die Gesichter der beiden Ärzte. Sie plapperten durcheinander und ich wusste überhaupt nicht mehr, wer wer war und wer was gesagt hatte.
Von den beiden hatte mir jedenfalls keiner helfen können. Könnte das überhaupt jemand?
Als ich an einer Ampel anhielt, fühlte ich mich beobachtet und drehte mich um.
Da stand er wieder: der glatzköpfige Mann. Er trug ein schwarzes T-Shirt mit einem weißen Logo darauf, das ich nicht erkennen konnte, dazu eine ausgebleichte, blaue Jeans.
Mir fiel auf, dass er sich gar nicht mehr darum bemühte, sich zu verstecken.
Wie ich sein schiefes Grinsen interpretieren sollte, wusste ich nicht.
Nein, das war kein Polizist. Das sagte mir mein Bauchgefühl.
Aber wer war er dann?
Irgendjemand aus meiner Vergangenheit, an den ich mich nicht mehr erinnerte?
Oder ein Privatdetektiv, den mir die Aurums auf den Hals gehetzt hatten?
Vielleicht hatte Bahr die Aurums angerufen, während ich in Haft gesessen hatte, und mich dann solange festgehalten, bis sich der Glatzkopf vor der Polizeiwache postiert hatte?
Aber warum?
Jetzt kam er auf mich zu, schnellen Schrittes, die rechte Hand in der Hosentasche.
Was versteckte er dort vor mir?
Eine Pistole?
Nein, dafür war dort zu wenig Platz.
Ein Klappmesser?

Ja, das könnte sein. Er würde es herausnehmen, ausklappen und auf mich einstechen.
Das würde ganz schnell gehen.
Kein Fußgänger weit und breit, niemand würde es mitbekommen. Höchstens einer der Autofahrer, die an der Ampel vorüberfuhren. Doch selbst wenn sie anhalten und nachsehen würden, wie schwer ich verletzt war, könnte der Täter schnell zwischen den Häusern verschwinden.
Die halbe Strecke hatte er inzwischen zurückgelegt.
Sein Lächeln wirkte zunehmend süffisant. Das Logo auf seinem T-Shirt entpuppte sich als das einer bekannten Heavy-Metal-Band.
Was tun?
Ohne weiter darüber nachzudenken, rannte ich davon, direkt auf die Straße.
Quietschende Autoreifen waren das Letzte, was ich hörte.

28. Kapitel

„Stimmt, was man erzählt über ihn?"
Ich hörte eine männliche Stimme, die mit einem seltsamen Akzent sprach. Ich konnte nicht zuordnen, aus welchem Land er stammen könnte.
„Sie sollen ihn einfach nur waschen und wieder anziehen, Herr Nasiir."
Das war Schwester Kathrin gewesen, die ihm geantwortet hatte, zweifellos. Damit hatte ich auch eine Vermutung, wer der Gesprächspartner war: Mohammed.
Was war passiert?
Ich erinnerte mich an den Glatzkopf.
Ach ja, die Ampel, das Reifenquietschen.
Ich musste einen Unfall gehabt haben und sie hatten mich zurück ins Krankenhaus gebracht.
Ich versuchte, die Augen zu öffnen, aber es gelang mir nicht.
Der Reihe nach konzentrierte ich mich auf die fünf Finger meiner rechten Hand. Ich glaubte, sie wahrzunehmen, doch ich empfand das Gefühl eher als eine Art Echo. So, als wüsste ich, dass die Finger da waren und wie sie sich eigentlich anfühlen müssten, wenn ich sie bewegte. In dieser Art müssten auch Phantomschmerzen sein, die man in einem Bein spürte, das längst amputiert worden war.
Aber meine Finger waren sicher noch da, oder?
Hob mich gerade jemand an?
Mohammed, der mich ausziehen sollte?
Halt! Stopp! Ich möchte nicht, dass der Schwarze mich auszieht! Und auch nicht, dass die beiden mich nackt sehen!
Mein Mund gehorchte mir genauso wenig wie meine Augen und meine Finger.
Zur Untätigkeit verdammt.
Schon wieder.
War mein Unfall so schwer gewesen?
Zumindest funktionierten meine Ohren.
Und da alle anderen Sinne ausgefallen waren, schien ich

sogar besser als sonst zu hören, denn ich bezweifelte, dass Dr. Lorenz und dieser Kriminaler in unmittelbarer Nähe standen. Und doch konnte ich sie deutlich verstehen.
„Es hat sich nichts an seiner Situation geändert“, sagte Dr. Lorenz.
„Er simuliert“, bestand Bahr auf seiner Meinung.
„Haben Sie schon mal versucht, über Tage völlig ruhig zu liegen? Ihre Körperwerte so im Griff zu haben, dass jeder denkt, Sie würden schlafen?“
„Hören Sie, wir müssen mit ihm reden!“
„Glauben Sie, ich könnte ihn einfach an den Schultern packen und wachrütteln?“
„Bin ich der Arzt oder Sie? Spritzen Sie ihm meinetwegen irgendein Medikament, das ihn aufweckt.“
„Ich habe Ihnen bereits zum wiederholten Male gesagt, dass das nicht so einfach ist.“
„Herr Dr. Lorenz, er ist der Einzige, der überlebt hat und uns Auskunft darüber geben kann, was da draußen im Wald passiert ist.“
Im Wald?
War nicht Susanne im Wald?
Wer hatte mir das erzählt?
War sie in Gefahr? Ich musste ihr helfen. Schnell!
Ich nahm all meine Kraft zusammen und konzentrierte mich auf meine Augen.
Endlich gehorchten sie mir und ich schlug sie auf.
Doch da war kein Krankenzimmer um mich herum.

29. Kapitel

Ich lag in meinem Bett, zuhause in meiner Wohnung.
Hatte ich nur geträumt?
Der Geruch von Zwiebeln kitzelte meine Nase.
Susanne?
Stand sie in der Küche und kochte Suppe für mich?
Diesmal wirklich?
In einer raschen Bewegung zog ich die Bettdecke zur Seite und sprang auf. Prompt verlor ich das Gleichgewicht und fiel zu Boden. Meine Wange kam direkt auf dem Teppich zum Liegen und ich sah unmittelbar vor mir seine kleinen, roten Schlaufen, in etwa dreißig Zentimetern Entfernung eine Wollmaus.
Ich versuchte aufzustehen, doch zu meinem Erschrecken konnte ich mich nicht bewegen.
Ganz ruhig, Sebastian, durchatmen.
Wie vorhin konzentrierte ich mich auf meine Finger. Ich hatte eine Ahnung, wo sie lagen und glaubte, sie zu spüren.
Mit dem Zeigefinger schabte ich leicht über den Teppich. Ich fühlte seine Schlaufen, ja, ich fühlte sie.
Kehrte meine Wahrnehmung zurück oder bildete ich mir wieder etwas ein?
Es gelang mir den Kopf leicht zu drehen und ich entdeckte meinen Zeigefinger. Tatsächlich, er bewegte sich.
Vielleicht klappte es diesmal auch mit dem Sprechen?
„Susanne. Hilf mir."
Ich hörte mich selbst. Es funktionierte also. Aber meine Worte waren so leise, dass mich sicher niemand hören könnte, der drüben in der Küche stand.
Langsam spürte ich meine restliche Hand, ich hob sie etwas an und wackelte mit den anderen Fingern.
Das gleiche mit der anderen Hand.
Dann musste ich mich ein paar Sekunden ausruhen, weil mich selbst die kleinste Bewegung anstrengte und Schmerzen verursachte.

Unter großem Kraftaufwand hob ich meinen Kopf und sah mich um.
Mein Schlafzimmer war so, wie ich es kannte. Ich lag unmittelbar neben dem Nachtschränkchen.
Vielleicht konnte ich mich daran hochziehen.
Wie wirkte es sich aus, wenn man zu einhundert Liegestützen gezwungen wurde?
Ich kam mir vor, als machte ich die einhundertunderste, als ich mich hoch stemmte.
Das Nachtschränkchen gab mir den notwendigen Halt.
Meine Beine entzogen sich immer noch meiner Kontrolle und wirkten erneut wie eingeschlafen. Ich traute mich nicht, das Möbelstück loszulassen, hatte Angst, dass ich umfiel.
Da entdeckte ich den Regenschirm, den ich bei Karstadt gekauft hatte, neben meinem Bett an die Wand gelehnt.
Wie kam er hierher?
War er eben schon da gewesen?
Egal, er war meine Rettung. Sicher könnte ich ihn als Gehstock benutzen.
Ich roch noch etwas anderes: gebratenes Fleisch. Und ich bildete mir ein, es auch brutzeln zu hören.
Susanne kochte also für mich.
Vermutlich hatte sie mich wieder aus dem Krankenhaus abgeholt und mein Gedächtnis spielte mir erneut Streiche.
Endlich war sie wieder hier, hier bei mir. Da, wo sie hingehörte.
Ich griff nach dem Schirm und stützte mich auf ihn.
Langsam schlurfte ich los. Obwohl mir meine Beine nach wie vor nicht so recht gehorchten, funktionierte es mit dieser Gehhilfe und ich erreichte den kleinen Flur.
Weiter, immer weiter, du schaffst es.
Dann stand ich im Türrahmen der Wohnküche und blickte in die Kochnische.
Nein, es war nicht Susanne, die dort werkelte.

Es war der Glatzkopf, der mich verfolgt hatte. In aller Seelenruhe stand er dort, vor ihm eine Pfanne auf der Herdplatte, in der zwei Steaks und Zwiebelringe brutzelten. Jetzt drehte er sich zu mir um und grinste mich breit an.

30. Kapitel

Sofort ließ ich den Regenschirm los und ballte meine Hände zu Fäusten.
Ich fixierte das Gesicht des Mannes und machte einen Schritt auf ihn zu.
Ich würde einfach auf ihn einprügeln, mitten in seine mich verhöhnende Fratze.
Unerwarteterweise reagierte er nicht auf meine Angriffshaltung, wenn man mal von seiner Stirn absah, die sich runzelte.
Entschlossen hob ich meine Faust.
„Bastian? Alles in Ordnung?"
Was sollte diese Frage?
Und warum wollte er sich nicht wehren?
Egal.
Ich schlug zu - traf ihn direkt auf die Nase.
Er torkelte nach hinten und stieß dabei gegen den Pfannengriff. Den Kampf um sein Gleichgewicht verlor er schließlich, krachte mit dem Rücken gegen den Kühlschrank und sank dann zu Boden.
Die Pfanne klapperte, aber kam zum Stillstand, ehe sie hinunterfallen konnte.
Der Glatzkopf sah mich immer noch voller Verwunderung an.
Aus seiner Nase rann Blut. Das musste er gespürt haben, denn nun wischte er mit dem Handrücken über seine Oberlippe und musterte ihn ungläubig.
„Sag mal, spinnst du?"
Er sah mich an, als erwartete er tatsächlich eine Antwort.
Erneut holte ich zum Schlag aus. Diesmal nahm er zum Schutz die Arme nach oben und hielt sie über seinen Kopf.
„Hör sofort auf mit dem Unsinn, Bastian. Hat dir der Kopfschuss das Gehirn rausgeballert?"
Ganz instinktiv griff ich an meine Schläfe. Längere Zeit schon hatte ich nicht mehr an meine Verletzung gedacht.

Plötzlich schmerzte sie wieder. Es hämmerte, als hätte allein die Frage des Glatzkopfs die Wunde wieder geöffnet.
Der Verband befand sich immer noch dort, wo er sein sollte; doch als ich mir meine Hand ansah, war auch sie voller Blut.
Ich blinzelte.
Nein, ich hatte mich getäuscht, da war nichts.
Was passierte hier?
Meine Wahrnehmung schien mir immer mehr Streiche zu spielen.
Das einzige Blut hier kam aus der Nase meines Gegenübers. Und auch das hörte gerade auf zu tropfen, während er sich hoch stemmte.
Der Geruch angebrannten Fleischs drängte sich mir auf. Rasch nahm ich die Pfanne vom Herd. Von dem Unbekannten ging meines Erachtens keine Gefahr mehr aus. Und falls doch, hatte ich ja nun die Pfanne in der Hand.
„Kommt mir so vor, als ob die Steaks durch wären", sagte der Glatzkopf. Als sei nichts gewesen, stand er auf und wusch sich am Waschbecken das Blut von der Hand und aus seinem Gesicht. Er drehte mir dabei demonstrativ den Rücken zu. Anscheinend ging er nicht mehr davon aus, dass ich weiterkämpfen wollte.
Nein, das wollte ich wirklich nicht.
Während der Glatzkopf mir die Pfanne aus der Hand nahm, meinte er. „Ich kann dir aber nicht versprechen, dass sie so gut sind wie die von 'Clifford's Best Steakhouse In Town.'."
Wie bitte?
Hatte nicht kürzlich schon einmal jemand dieses Steakhaus erwähnt?
Aber wer?
Es wollte mir partout nicht einfallen.
Ich setzte mich an den Tisch und stellte fest, dass dieser für zwei Personen gedeckt war. Neben jedem der Teller stand sogar eine Flasche Bier, bereits geöffnet. Während der Fremde die Steaks und die Zwiebeln auf die Teller verteilte, nahm ich schon mal einen großen Schluck. Es schmeckte großartig.

Wann hatte ich zuletzt Bier getrunken?
Ich wusste es nicht mehr.
Der Mann setzte sich zu mir.
„Bist du ein Schnüffler?“, fragte ich und schnitt mir dabei mit dem Messer ein mundgroßes Stück Fleisch ab.
„Wie meinst du das?“
Ich steckte mir das Fleisch in den Mund und glaubte erneut, meine Geschmacksnerven würden explodieren. Wie vorhin beim Bier. Wie bei dem Apfel, den mir Susanne …
„Hey, ich rede mit dir.“
Als ich aufsah, blickte mir der Glatzkopf direkt in die Augen. Wieder dieser verständnislose Gesichtsausdruck.
Ich kaute ausgiebig, dann schluckte ich den Bissen hinab.
„Na ja, von der Polizei. Oder von den Aurums?“
„Von den Aurums? Was?“
„Die Aurums. Die Eltern von Susanne.“
„Ich weiß, wer die Aurums sind.“
„Du kennst Susanne?“
„Sag mal, Bastian, bist du dir sicher, dass sie dich freiwillig entlassen haben? Oder bist du denen ausgebüchst?“
Was wollte der Typ von mir?
„Kannst du dich wirklich nicht an mich erinnern? Ich bin's doch: Jochen.“
Jochen. Jochen. Ich überlegte.
Plötzlich fühlte es sich für mich wie ein Déjà-vu an. Wir waren uns kürzlich schon einmal begegnet und auch da hatte ich nicht gewusst, wer er war. Auf dem Weg von Dr. Foster zurück zu meinem Krankenzimmer, da hatte er mich angesprochen. Später hatte er hinter meinem Wohnhaus gestanden und danach hier in meiner Wohnküche gesessen.
Wieso hatte er mich erneut verfolgt?
Und vor allem: Warum hatte ich ihn nicht wiedererkannt? Trotz seiner sehr markanten Glatze.
Mein Gedächtnis stürzte mich erneut in ein Wechselbad von Hoffnung und Angst. Verlor ich tatsächlich den Verstand?
„Wir haben uns damals im Metropol kennengelernt“, sagte Jochen.

„Metropol? Was ist das?"
„Das Metropol in der Bahnhofstraße. Inzwischen ist es geschlossen."
Als ich ihn immer noch fragend ansah, ergänzte er: „Die Tabledance-Bar. Du kannst doch nicht die ganzen Weiber vergessen haben! Daisy mit den langen, roten Haaren. Silly mit den großen Titten. Daggi mit ..."
„Nein", unterbrach ich ihn. „Ich erinnere mich nicht."
„Wir waren mehrmals die Woche dort. Ab und zu haben wir sogar als Türsteher ausgeholfen. Das verdiente Geld haben wir dann immer am selben Abend in der Bar ausgegeben. Und nicht nur für Getränke."
Er grinste breit. Dann griff er nach seiner Bierflasche und leerte sie in einem Zug bis zur Hälfte.
Mit dem Handrücken wischte er sich danach über den Mund.
„Das ging bestimmt drei Jahre so", fuhr er fort. „Dann hat die Polizei den Laden dicht gemacht."
„Warum?"
„Illegale Prostitution. Schwarzgeldwäsche. Betrug. Alles mögliche. Ich habe Stavros nie wieder gesehen."
„Stavros?"
„Na, dem hat der Laden doch gehört. Vermutlich ist er zurück nach Zypern und dort irgendwo untergetaucht."
Jochen. Stavros. Metropol. Ich ging in mich und versuchte herauszufinden, ob die Namen irgend etwas in mir zum Klingen brachten. Aber der Fremde hätte mir genauso gut erzählen können, wir hätten zusammen mit dem Papst in Wuppertal eine Herrenboutique eröffnet. Es wäre für mich gleichwohl lediglich eine Geschichte gewesen wie die, die er mir gerade auftischte.
Auch wenn er sich sehr freundschaftlich gab und mir den Faustschlag anscheinend nicht nachtrug, spürte ich immer noch, dass Gefahr von ihm ausging.
„Was wolltest du denn eigentlich bei den Aurums? Geld?"
„Wieso hast du mich verfolgt?"
„Ich musste doch wissen, was meinen alten Kumpel Bastian

so umtreibt. Fand es übrigens ganz schön tollkühn, wie du den Regenschirm bei Karstadt hast mitgehen lassen und einfach so, den Schirm in der Hand, aus dem Laden marschiert bist."

„Aber ich habe ihn doch ganz korrekt bezahlt."

Jochen lachte laut auf.

„Und bei den Aurums hast du wohl gefragt, ob sie einen neuen Gärtner brauchen."

„Ich habe mich nach Susanne erkundigt."

„Was sollten die schon für neue Informationen haben?"

Was wusste er selbst über Susanne?

Ich musste es herausfinden.

„Dr. Foster versucht mir einzureden, dass es Susanne Aurum gar nicht gibt und ich sie mir nur einbilde."

„Dr. Foster? Der schrille Youngster aus dem Fernsehen?"

Was sollte das nun wieder.

„Wieso sollte der im Fernsehen kommen?"

„Na, der Psychologe aus dieser amerikanischen Serie, der mit den bunten Outfits. Hat es immer mit merkwürdigen Fällen zu tun. Gedächtnisverlust. Gespaltene Persönlichkeiten. Wahnvorstellungen."

Jochen schob sich das letzte Stück seines Steaks hinein.

„Ich wusste gar nicht, dass der jetzt in Deutschland praktiziert."

Er grinste.

Das war aber wirklich ein merkwürdiger Zufall, dass der genauso hieß.

Egal.

„Er behauptet, Susanne gäbe es nicht."

„Das ist doch Unsinn."

Jetzt kippte Jochen sein restliches Bier hinunter.

„Du bist dir ganz sicher, dass es Susanne wirklich gibt?"

„Genauso sicher wie ihre Eltern."

In mir wuchs ein Verdacht.

„Du weißt, wo sie ist?"

„Aber sicher doch", sagte er. „Vermutlich immer noch dort, wo wir beide sie zurückgelassen haben."

Und dann ergänzte er mit den Worten, die ich schon einmal von ihm am Telefon gehört hatte, wie mir just in diesem Moment einfiel: „Im Wald."
Machte der sich lustig über mich?
Wollte er mich provozieren?
„Im Wald? Aber was soll sie denn im Wald?"
Stimmte überhaupt irgend etwas von dem, was er mir erzählte?
Es tobte in mir.
Am liebsten hätte ich ihm erneut eine gepfeffert.
„Nicht einmal das weißt du noch?" Er sah mich fragend an. „Heißt es nicht, dass traumatische Ereignisse die Erinnerung zurückholen können? Weißt du wirklich nicht mehr, was dort im Wald geschehen ist?"
„Jetzt erzähl es mir endlich, verdammt noch mal!"
Er packte meinen Unterarm und zwang mich, ihn anzusehen.
„Du hast auf mich geschossen."
Seine Augen wirkten plötzlich tot und ausdruckslos. Als ich an ihm hinabsah, entdeckte ich das Einschussloch auf seiner Brust; auf seinem T-Shirt ein Blutfleck, der sich stetig vergrößerte.
Dennoch lachte er.
Und ich selbst hielt plötzlich eine Waffe in der Hand.
Einer inneren Eingebung folgend richtete ich sie auf mich und das Bild glich exakt meiner Vision.
„Ach, mein Freund. Wie viele Hinweise brauchst du denn noch?"
Eines wurde mir nun klar: Ich war sicher nicht 'sein Freund'.

31. Kapitel

Dies ist alles surreal, Sebastian.
Ein Traum.
Es kann nicht anders sein.
Viel zu viele Ungereimtheiten.
Oder es ist Wahnsinn.
Wie fühlte es sich an, den Verstand zu verlieren?
Zweifellos glich es dem, was ich gerade erlebte.
Meine Freundin Susanne, die mich vom Krankenhaus abgeholt und dann bekocht hatte, hatte sich vor meinen Augen in Luft aufgelöst.
Dr. Foster, mein Psychologe, versuchte mich davon zu überzeugen, dass es sie gar nicht gäbe.
Dagegen schob mir dieser Bahr die Schuld an ihrem Verschwinden in die Schuhe und auch Susannes Eltern schienen das so zu sehen.
Ein glatzköpfiger Kerl namens Jochen behauptete, mein Freund zu sein, und meinte, wir hätten beide etwas mit Susannes Verschwinden zu tun.
Das passte doch alles nicht zusammen.
„Sein Puls ist deutlich schneller geworden."
Wer hatte das gesagt?
Ich sah in meiner Wohnküche umher, doch da war niemand.
Auch von Jochen fehlte jede Spur.
Auf dem Tisch vor mir stand nur eine Bierflasche und ein Teller.
So, als wäre Jochen nie da gewesen.
Was mit Susanne geschehen war, hatte sich gerade eben wiederholt.
Die Waffe war mir geblieben, ich hielt sie immer noch in der Hand; an der Wand lehnte der Regenschirm mit dem Stinkefinger.
Jochen hatte gesagt, ich hätte ihn gestohlen. Aber ich glaubte mich zu erinnern, dass ich ihn bezahlt hatte. Wer hatte dort bei Karstadt an der Kasse gestanden? Eine Frau? Ein Mann?

Ich sah nur ein völlig verschwommenes Gesicht vor meinem geistigen Auge. Hatte ich mit einem Geldschein bezahlt? Oder mit einer Kreditkarte? Aber später hatte ich doch festgestellt, dass ich gar kein Portemonnaie mit mir führte. Wie hatte ich im Internetcafé meine Schuld beglichen? Einen Regenschirm zu stehlen, stellte ich mir noch relativ einfach vor. Aber im Internetcafé einfach aufzustehen und den Laden zu verlassen? Man wäre sicher hinter mir her gerannt, oder?

„Auch der Blutdruck ist merklich angestiegen."

Schwester Kathrin. Wieso hörte ich plötzlich ihre Stimme?

Flashbacks aus der Zeit während meines Komas?

Wenn es so weiterging, würde ich noch völlig im Wahnsinn versinken.

Was hatte Jochen als Letztes gesagt?

„Wie viele Hinweise brauchst du denn noch?"

Was meinte er damit?

Dass ich mir Hilfe suchen sollte?

Aber bei wem?

Bei meinen Eltern? Bei meinen Geschwistern?

Hatte ich überhaupt welche?

Auch daran war bislang keine Erinnerung zurückgekehrt.

Aber falls es sie gab: Warum hatten sie mich nicht besucht oder bei mir angerufen?

Oder Freunde und Bekannte?

Da konnte es doch nicht nur diesen Jochen gegeben haben!

Warum kümmerte sich niemand um mich? Sie mussten sich doch alle Sorgen um mich gemacht haben, während ich im Koma lag.

Wieso war keine einzige Nummer in meinem Telefon abgespeichert und wieso existierte kein Notizbuch?

Es konnte doch nicht sein, dass ich keine weiteren Kontakte hatte!

Es musste einen Hausarzt geben, einen Zahnarzt. Wer hatte mir diese Wohnung vermietet? Wo waren die Rechnungen für Strom und Telefon? Wieso fanden sich in meinem Zuhause keine Kontoauszüge? Bei welcher Bank war ich

überhaupt Kunde?
Und vor allem: Warum stellte ich mir diese Fragen erst jetzt?
Auch fand sich innerhalb der Wohnung kein einziger persönlicher Gegenstand.
War dies überhaupt mein Zuhause?
Wie lange war ich inzwischen hier?
Ich versuchte mich zu erinnern, an welchem Tag ich entlassen worden war. Fehlanzeige!
Welchen Wochentag hatten wir heute? Keine Ahnung!
Gab es hier irgendwo einen Kalender? Ich blickte umher: nichts.
Wie oft hatte ich geschlafen, seit ich zurück war; wie viele Nächte waren vergangen?
Doch auch mit größter Konzentration wollte es mir nicht einfallen.
Was stimmte mit mir nicht?
Stand ich unter Medikamenteneinfluss? Oder hatte ich Drogen zu mir genommen?
„Ich glaube, sein rechtes Lid hat gezuckt."
Was? Mein rechtes Lid? Was meinte diese dusselige Krankenschwester damit?
„Wie viele Hinweise brauchst du denn noch?"
Ich schlug mir mehrfach in schneller Folge mit der flachen Hand auf die Stirn.
Verschwinde aus meinem Kopf, Kathrin!
Verschwinde aus meinem Kopf, Jochen!
Meine Handfläche fühlte sich klebrig an und ich spürte, dass sich der Verband an meiner Schläfe löste. Blut rann mir übers Gesicht. Gleichzeitig kam der Schmerz.
Ich Idiot. Ich hatte die Wunde wieder aufgerissen.
Wie konnte man nur so blöd sein?
Jetzt drückte ich die Hand darauf, damit es nicht weiterblutete. Dann versuchte ich, den Verband wieder anzubringen. Es klappte schließlich.
Ich ging ins Bad, um mich im Spiegel anzusehen.
Ich sah furchtbar aus.
Das Gesicht blass und hager, über und über voller Blut.

Schräg und schief hing der Verband da. Verwunderlich, dass er nicht abfiel.
Aber das Erschreckendste entdeckte ich erst jetzt im Spiegel: Hinter mir sah ich nicht etwa mein Badezimmer, nein, es war mein ehemaliges Krankenzimmer. Und überall an den Wänden lief Blut hinab.

32. Kapitel

Ich drehte mich um, doch ich stand immer noch in meinem Badezimmer.

Blut floss mir ins Auge und ich wischte es weg. Es juckte.

Ich wandte mich wieder dem Spiegel zu: Merkwürdigerweise fehlte der Verband. Rasch presste ich meine linke Hand auf die offene Wunde, um die Blutung zu stillen. Dann blickte ich ins Waschbecken unterhalb des Spiegels, ob der Verband dorthin gefallen war. Nichts. Auch nicht auf dem Boden.

Es blieb mir nichts anderes übrig, als meine Handfläche dort zu lassen, wo sie war.

Vollständig schien sie die Wunde nicht schließen zu können, denn immer noch rann Blut in meine Augen und beeinträchtigte meine Sicht.

„Da, sehen Sie doch, das Lid hat erneut gezuckt."

Wo war Schwester Kathrin?

Ich hörte ihre Stimme so laut, als stünde sie direkt neben mir.

Durch den Blutschleier hindurch versuchte ich, meine Umgebung zu erkunden.

Und ich entdeckte tatsächlich etwas, das sich nicht übersehen ließ: Meine Wohnungstür erstrahlte in hellem Licht.

Nein, nicht so, als würde sie angestrahlt, sondern so, als wäre sie aus fluoreszierendem Material gefertigt.

Ich ging auf sie zu und drückte mit der freien Hand die Türklinke.

Die Stufen, die im Treppenhaus nach oben gingen, endeten in der Dunkelheit, die nach unten im Licht.

Die Helligkeit zog mich an und ich gab mich der Führung hin, die mich aus dem Haus leitete. Draußen im Freien wies mir das Licht weiter den Weg.

Stets sah ich es vor mir und ich hatte keinen Zweifel, welche Richtung ich einschlagen sollte.

Rings um mich herum nahm ich nichts wahr. Alles

verschwand in einem Nebel. Er versperrte die Sicht und verschluckte die Geräusche der Umwelt.
Da mussten Häuser und Menschen sein und Autos. Doch nichts davon sah oder hörte ich.
Nur immer weiter dem Licht nach.
So gelangte ich in die Innenstadt, am Internetcafé vorbei, beim Vordereingang von Karstadt hinein ins Kaufhaus, beim Hinterausgang wieder hinaus.
Zum Haus der Aurums und zur Polizeidienststelle.
Beide Gebäude sah ich vor mir, doch die Helligkeit lockte mich nicht hinein, sondern steuerte mich daran vorbei.
Und endlich erreichte ich das Krankenhaus.
Genau so hatte ich es in Erinnerung.
Ich kannte es. Vor etwa fünf Jahren hatte man mich hier wegen einer gebrochenen Rippe geröntgt. Alles war danach wieder wunderbar verheilt.
Jetzt schälten sich Menschen aus dem Nebel.
Rechts neben mir ein Unterstand, den das Krankenhaus für Raucher eingerichtet hatte; vor mir schob eine junge Frau eine ältere im Rollstuhl; ein Mann, schätzungsweise nicht einmal zwanzig Jahre alt, führte einen Ständer mit einer Infusionsflasche mit sich.
Nun blickten alle zu mir: die junge Frau und die alte, der junge Mann und all die Raucher.
Sie zeigten mit ihren Fingern zuerst auf mich und danach auf den Eingang des Krankenhauses. Er erstrahlte in grellem Licht.
Ich schritt hindurch.
„Station 3 B“, sagte jemand zu mir, vermutlich ein Mitarbeiter an der Pforte.
Weitergehen.
Nein, ich ging überhaupt nicht. Ich schwebte.
Als ich an mir hinabsah, konnte ich meine Beine nicht sehen.
Es war, als bewegte ich mich in einer Wolke, die sich über den gesamten Eingangsbereichs des Krankenhauses erstreckte.
Vor mir Fahrstuhltüren, weit geöffnet und ich glitt hinein.

Hinter mir schlossen sie sich und ohne dass ich ein Stockwerk ausgewählt hätte, brachte mich der Aufzug in den dritten Stock.
Beim Hinaustreten zog es mich nach rechts. Kein Zweifel daran, dass in dieser Richtung Station 3 B lag.
Ich gelangte an eine Tür.
Was sollte ich hier?
Warum hatte mich das Licht hierher geleitet?
Ich schätzte, dass ich keine fünf Minuten unterwegs gewesen war. Eine viel zu kurze Zeit für eine Strecke, für die ich normalerweise sicherlich über eine Stunde benötigt hätte.
Aber was war schon normal?
Das Licht?
Der Nebel?
Die seltsamen Erlebnisse der letzten Zeit?
Die Menschen, die ich vorhin vor dem Krankenhaus gesehen hatte, und die nun hier im Flur standen und mit ihren Zeigefingern auf die Tür deuteten?
Beherzt drückte ich die Klinke und – wie von Geisterhand gesteuert – schwang die Tür auf.
Ich trat ein - und fand mich in meinem Krankenzimmer wieder.
Das Krankenzimmer, in dem ich aus dem Koma erwacht war.
Das Krankenzimmer, in dem mich Susanne besucht hatte.
Das Krankenzimmer, das ich vorhin durch meinen Spiegel im Bad gesehen hatte.
Und vor allem das Krankenzimmer, in dem ich immer noch im Bett lag.
Schläuche und Leitungen führten zu meinem Körper.
Elektrische Geräte um mich herum, die mir unverständliche Daten anzeigten.
Auf der einen Seite des Bettes Schwester Kathrin, auf der anderen Dr. Lorenz.
Ja, der Mann, der dort lag, das war ich selbst.

„Sie haben recht, Kathrin“, sagte der Arzt. „Ich glaube, er wacht auf.“
Und jetzt schlug mein Ebenbild tatsächlich die Augen auf und sah mich verwirrt an.

III. Teil
Aus dem Koma

33. Kapitel

Ich starrte auf die geschlossene Tür meines Krankenzimmers. Eigentlich hätte mein Gegenstück dort stehen müssen. Ich war mir dessen ganz sicher.
Um mich herum hektische Bewegungen.
Alles verschwamm zu einer hin und her wabernden Masse. Ich hatte Mühe, mich auf irgendetwas zu konzentrieren. Doch die beiden Personen inmitten diesen Nebels erkannte ich an ihren Stimmen: Dr. Lorenz und Schwester Kathrin.
Sie redeten schnell, wirkten überrascht und nervös.
Die Wortfetzen, die ich hörte, ergaben überhaupt keinen Sinn.
Zwei Finger zogen mein rechtes Auge auf. Ein grelles Licht schien jetzt hinein. Ich versuchte zu blinzeln, doch es gelang mir nicht. Der gleiche Test mit dem linken Auge.
Was passierte hier?
Ein Piksen in meiner linken Armbeuge.
Ich schnappte nach Luft.
Wohin hatte mich mein Wahnsinn nun geführt?
Hatte ich schon wieder einen Unfall erlitten?
Mein Kopf schmerzte.
Die Verletzung. Der Verband. Ach ja.
Ich wollte dorthin greifen, ertasten, in welchem Zustand sich mein Kopf befand, aber mein Arm gehorchte mir nicht. Er blieb einfach neben mir auf dem Krankenbett liegen.
„Herr Fuchs, können Sie mich hören?“
Ein Gesicht erschien vor mir, ich erkannte es: Dr. Lorenz.
„Aber sicher doch“, wollte ich sagen, aber ich hörte mich nur etwas Undeutliches nuscheln.
Er hob seinen Zeigefinger nach oben, als wolle er mich belehren, dann führte er ihn nach rechts, dann nach links und wiederholte den Vorgang mehrfach. Ich kam mir vor wie eine Katze, die zum Mitspielen animiert werden sollte.
„Er reagiert“, sagte Schwester Kathrin.
„Ja, zwar etwas träge, aber immerhin.“

Wieso träge?
Durchlebte ich gerade mein Aufwachen aus dem Koma erneut?
Ich dachte an das Déjà-vu, das ich mit Jochen erlebt hatte. Passierte hier etwas Ähnliches?
Doch es fühlte sich anders an.
„Kaum zu glauben."
„Ja, die Chancen dafür gingen gegen null."
„Wenn man bedenkt, wie sein Kopf ausgesehen hat."
„Schwester Kathrin! Er kann uns vielleicht verstehen."
Kathrin brummelte etwas und ich meinte, das Wort 'Mörder' gehört zu haben.
Wieder beugte sich der Arzt zu mir und blickte mich an.
„Herr Fuchs, haben Sie irgendwelche Schmerzen?"
„Kopf", sagte ich leise, dann „Bauch".
„Erhöhen Sie die Dosis, Schwester Kathrin."
Plötzlich spürte ich ein Stechen in der großen Zehe meines rechten Fußes.
„Au", sagte ich.
„Sehr schön", lobte mich Dr. Lorenz.
Dann prüfte er die andere große Zehe und schließlich meine Zeigefinger.
„Das sieht alles sehr gut aus, Herr Fuchs. Es scheint, als hätten Sie einen Schutzengel gehabt."
Apropos Schutzengel.
Susanne. Sie mussten meine Susanne benachrichtigen. Dass ich wieder hier im Krankenhaus lag. Sie musste mich besuchen kommen. Oder abholen.
Ich flüsterte ihren Namen.
„Das ist ja kaum zu glauben. Was bildet der sich eigentlich ein?"
Warum wirkte diese Schwester Kathrin so feindselig mir gegenüber?
„Mäßigen Sie sich!"
„Sein schlechtes Gewissen drückt ihn. Er möchte eine Aussage machen."
„Darum werden wir uns noch früh genug kümmern. Erst

sorgen wir dafür, dass sein Zustand stabil bleibt.“
„Vielleicht haben wir nicht ausreichend Zeit, Dr. Lorenz.“
Was meinte sie?
Dass ich möglicherweise …
„Wenn Sie jetzt nicht tun, was ich Ihnen sage, mache ich Sie persönlich dafür verantwortlich, wenn er ...“ Auch Dr. Lorenz führte seinen Satz nicht zu Ende. „Wir werden diesen Bahr so schnell wie möglich verständigen. Aber im Moment hat das keinen Vorrang.“
Bahr!
Ich spürte, wie sich mein Körper verkrampfte.
Dann verlor ich das Bewusstsein.

34. Kapitel

Als ich die Augen wieder aufschlug, zerrte eine Frau an meinem rechten Bein herum. Auch sie erkannte ich wieder: Melanie Zierle, meine Physiotherapeutin.
„Oh, Sie sind wach, sehr schön. Dann können Sie mir gleich sagen, ob Sie etwas spüren."
Guten Morgen, Herr Fuchs, wie geht es Ihnen?
Ich war schon freundlicher begrüßt worden.
Doch mit dem Gedanken konnte ich mich nicht länger aufhalten, denn ich musste mit anschauen, wie diese Zierle mein Bein auf eine unangenehme Weise verdrehte.
Sah es, fühlte es aber nicht.
„Es ziept etwas", sagte ich und hörte, dass ich den Satz sehr undeutlich ausgesprochen hatte.
Melanie Zierle schien die Worte verstanden zu haben, denn sie antwortete: „Das ist ein sehr gutes Zeichen."
Von irgendwoher hörte ich eine Stimme. Sie sprach mit einem merkwürdigen Akzent: „Das ist ein sehr gutes Zeichen, Herr Fuchs."
Ich drehte den Kopf, um den Papagei im Krankenzimmer zu finden, und entdeckte einen Mann mit einem dunklen Teint. Mohammed. Sein breites Grinsen mit gebleckten Zähnen offenbarte, dass zwei davon fehlten. Er wirkte ehrlich in seiner Fröhlichkeit, strahlte aber gleichzeitig etwas Naives aus.
Auch an ihn erinnerte ich mich, genauso wie an diese Zierle, die jetzt mit ihren kräftigen, großen Händen an meinem anderen Bein zog und es in verschiedene Stellungen brachte.
„Das ist gut für den Muskelaufbau", kommentierte sie.
„Warum bin ich hier?"
Sie schien mein Gestammel deuten zu können.
„Sie haben längere Zeit im Koma gelegen."
Schon wieder?
„Hatte ich einen Autounfall?", nuschelte ich, aber sie antwortete nicht. Stattdessen erzählte sie, wie es weitergehen

sollte.
„Dass Sie überhaupt etwas spüren, ist wirklich ein sehr gutes Zeichen. Der Pfleger wird Sie künftig regelmäßig zu mir zur Behandlung bringen."
„So wie ich immer gesagt habe, Herr Fuchs. Alles wird gut. Habe es Ihnen immer wieder gesagt, während Sie schlafen."
Dieses Dauergegrinse nervte mich jetzt schon.
Und was zur Hölle meinte er?
Koma. Schlafen.
Hatte ich das alles nicht längst hinter mir gelassen?
Ich nahm all meine Kraft zusammen, um den nächsten Satz verständlich zu formulieren: „Wieso lag ich erneut im Koma?"
„Was meinen Sie mit 'erneut'?", fragte Melanie Zierle, während Sie meinen rechten Arm knetete und massierte. Es kribbelte jetzt überall in meinen Beinen und meinen Armen. Ich versuchte, meine Gliedmaßen zu bewegen, aber genauso gut hätte ich wohl probieren können, die Tasse auf meinem Beistelltisch zum Schweben zu bringen.
„Übernehmen Sie sich nicht." Sie schien meine Anstrengungen wahrgenommen zu haben. „Das braucht alles seine Zeit."
„Das braucht alles seine Zeit, Herr Fuchs."
Wieder dieser Papagei. Doch auch das Ballen meiner Hand zur Faust wollte nicht gelingen.
Wenigstens klappte das Zähneknirschen.
„Ist Ihnen kalt, Herr Fuchs?"
Ohne eine Antwort abzuwarten, eilte Mohammed zu einem Wandschrank und holte eine Wolldecke daraus hervor. Fürsorglich legte er sie zusätzlich zur Bettdecke auf mich, nachdem Melanie Zierle ihre Anwendungen beendet hatte, und sofort wurde mir heiß und ich begann zu schwitzen.
Jetzt registrierte ich zum ersten Mal, wie muskulös ihre Oberarme tatsächlich waren, und mir graute vor dem Tag, an dem ich ihr mitleidloses Zupacken spüren würde.
Dann doch lieber die dunkelhäutige Grinsebacke.
Susanne fiel mir ein und ich sprach ihren Namen laut aus.

„Können Sie sie anrufen?“
Ich sah abwechselnd zu der Walküre und dem Papagei.
„Das müssen Sie bitte mit Dr. Lorenz besprechen.“
„Das müssen Sie bitte mit Dr. Lorenz besprechen, Herr Fuchs.“

35. Kapitel

In den nächsten Tagen schlief ich viel. Die Zeiten, in denen ich wach war, reichten nicht aus, um Klarheit in meine Gedanken zu bringen.

Zudem fühlte ich mich permanent von Feinden umgeben.

Schwester Kathrin gab sich überhaupt keine Mühe, ihre Abneigung mir gegenüber zu verbergen.

Von Melanie Zierle fühlte ich mich behandelt wie ein Stück Fleisch, das von einer hartherzigen Metzgerin durchgeklopft wurde, bis es endlich weich und geschmeidig genug war, um verspeist zu werden.

Und solche Typen wie Mohammed konnte ich überhaupt nicht einschätzen. So nahe wie ihn hatte ich bislang noch keinen an mich herankommen lassen.

Blieb noch Dr. Lorenz. Ich zweifelte nicht daran, dass er mir etwas verheimlichte.

Immer wieder hatte ich ihn auf Susanne angesprochen und jedes Mal war er zusammengezuckt und hatte mir eine Antwort verweigert. Heute nicht.

„Sie sollten dies wirklich besser mit der Polizei besprechen“, sagte er. „Sie wird in Kürze hier sein, um Sie zu befragen. Und ich glaube, das kann ich Ihnen inzwischen auch zumuten.“

„Wieso denn die Polizei?“

„Sie sprachen doch von Susanne.“

„Ja. Und?“

„Ich dachte, Sie wollten eine Aussage machen?“

„Wegen Susanne?“

„Ja.“

„Nein. Ich wollte, dass sie weiß, dass ich hier bin und dass ich wach bin. Damit sie mich besuchen kommt.“

„Sie besuchen?“

Wieder zog er mir mein rechtes Auge auf und leuchtete hinein.

Ich hasste es. Ich hasste jegliche Berührung von Fremden.

Ich hasste es, abhängig zu sein.
Susanne sollte sich um mich kümmern. Nur sie wollte ich an mich heranlassen.
„Ja, wie damals."
„Was meinen Sie?"
„Na, als ich das erste Mal aus dem Koma erwacht bin."
„Sie lagen schon einmal im Koma?"
Langsam zweifelte ich wirklich daran, wessen Gedächtnis hier verrückt spielte.
„Hier bei Ihnen, vor ein paar Wochen. Sie können mich doch nicht vergessen haben."
„Ihr erlittenes Schädel-Hirn-Trauma hatte leider massive Schädigungen der neuronalen Strukturen zur Folge."
„Sie sagten es bereits."
„Sie müssen Geduld haben."
Ich konnte dieses Wort nicht mehr hören!
„Es nutzt nichts, wenn Sie die Augen verdrehen. Ihr Gehirn spielt Ihnen Streiche. Es gaukelt Ihnen etwas vor, das nie passiert ist."
Er lehnte sich zurück und musterte mich eindringlich. Dann schien er zu einem Entschluss gekommen zu sein.
„Erzählen Sie mir, woran Sie sich zu erinnern glauben."
Und ich berichtete ihm von Susanne. Wie sie mich nach dem Aufwachen besucht und gefüttert hatte. Wie er selbst mich zu Dr. Foster überwiesen hatte. Wie meine Heilung vorangeschritten war und wie Susanne mich letztendlich abgeholt und nach Hause gefahren hatte.
Seine folgenden Worte bestätigten meinen inzwischen gehegten Verdacht. Sie zerrten mich rüde aus meinem Wunschdenken und stürzten mich mitleidlos in die Realität: „Sie hatten eine schwere Kopfverletzung, Herr Fuchs, und wir haben Sie in ein künstliches Koma versetzt. Nach mehreren Wochen sind Sie zum ersten Mal daraus aufgewacht. Hier war keine Susanne, die Sie mit einem Apfel gefüttert hat. Und ich kann Ihnen versichern: Ich kenne überhaupt keinen Dr. Foster. Ich kann es mir nur so erklären, dass Ihnen Ihr Unterbewusstsein etwas vorgespielt

hat.“
Das ergab doch alles keinen Sinn.
Warum kannte ich Dr. Lorenz, Schwester Kathrin und die anderen?
„Es ist immer noch weitgehend unerforscht, was im Kopf eines Menschen vorgeht, während er im Koma liegt. Wir können messen, dass es Hirnaktivitäten gibt, ja. Aber wir haben keine Ahnung, was sie auslösen. Die Experten streiten sich, ob ein Komapatient etwas von seiner Umgebung wahrnimmt“, erklärte Dr. Lorenz.
Könnte es tatsächlich der Fall sein, dass ich …
„Es ähnelt der Traumforschung. Natürlich können wir aufgrund der Gehirnaktivitäten in den entsprechenden Regionen feststellen, dass jemand träumt. Aber unsere Geräte sagen uns nicht, welchen Inhalt diese Träume haben. Vermutlich hat ihr Unterbewusstsein Ihnen etwas vorgegaukelt.“
So detailliert?
„Ich erinnere mich an Sie“, sagte ich zu ihm.
„Ich war mehrfach täglich an Ihrem Bett. Wahrscheinlich haben Sie gehört, was ich gesprochen habe. Ihr Unterbewusstsein hat es verarbeitet.“
„Aber … Ihr Gesicht?“
„Was meinen Sie?“
Ich wollte ihm mitteilen, dass ich mich daran erinnerte, wie er aussah, aber als ich versuchte, mich darauf zu konzentrieren, verschwamm das Bild aus der Vergangenheit und die Gesichtszüge des realen Dr. Lorenz überlagerten mein vermeintliches Wissen.
Hatte ich tatsächlich Dr. Lorenz wahrgenommen?
Oder hatte in Wirklichkeit nur mein Unterbewusstsein seine Stimme gehört und sich daraus sein Aussehen zusammenfantasiert?
Hatte Schwester Kathrin schon immer deutliches Übergewicht und fettiges Haar gehabt? Irgendwie schien sie mir hübscher gewesen zu sein ...
Und dieser Bahr: Er hatte an meinem Bett gestanden und

mit Dr. Lorenz über meinen Zustand gestritten?
So langsam verloren sich meine Erinnerungen. Wie ein Traum, der aus dem Bewusstsein verschwand, sobald man erwachte.
„Wer weiß? Vielleicht haben Ihre Sinne mehr wahrgenommen, als ihnen eigentlich möglich sein könnte. Ich würde Ihren Fall gerne einem Kollegen schildern, der in diesem Bereich Forschungen betreibt, wenn es für Sie in Ordnung ist.“
Als Versuchskaninchen dienen? Nein, danke.
„Ich überlege es mir.“
Ich dachte an Susanne. Ihr anmutiges Gesicht erschien klar vor meinem inneren Auge. Ihr dunkelbraunes, langes Haar. Ihre süße, kleine Nase. Ihr warmes, gütiges Lächeln.
Doch dann schob sich eine glatzköpfige Fratze davor. Sie starrte mich an, bewegte zornig die Lippen. Aber ich verstand nicht, was der Mann sagte. Es war Jochen.
Sowohl bei Susanne als auch bei Jochen war ich mir sicher, dass sie exakt so aussahen.
Ich musste sie demnach bereits vor dem Koma gekannt haben.
Sie gehörten also zu meiner Vergangenheit.
Zum ersten Mal erinnerte ich mich an Geschehnisse aus der Zeit vor meiner Kopfverletzung.
„Alles in Ordnung, Herr Fuchs?“
Dr. Lorenz schien mir anzusehen, dass etwas in mir arbeitete.
Eine innere Stimme warnte mich davor, ihm mehr zu erzählen. Je länger ich meine Heilung hinauszögern konnte, desto später würde ich mit Bahr und der ganzen Wahrheit konfrontiert werden. Das wurde mir nun klar.
Ich nickte Dr. Lorenz lediglich zu und schloss meine Augen. Er deutete dies wohl als Müdigkeit und verabschiedete sich.
Ich selbst ging tief in mich und versuchte, Echos zu empfangen.

Echos aus meinem bisherigen Leben – dem Leben vor dem Kopfschuss.
Schließlich gelang es mir.

IV. Teil
Das Verbrechen

36. Kapitel

Mein Name ist Sebastian Fuchs.

Ich bin das zweite von fünf Kindern meiner Eltern Walter und Margit Fuchs.

Mein Vater hat uns alle geschlagen, sowohl meine Mutter als auch uns Kinder.

Immer dann, wenn er getrunken hatte. Er hatte so gut wie immer getrunken.

Meine Mutter war schwach, hatte nie eine Berufsausbildung genossen und war mit vierzehn das erste Mal schwanger gewesen. Das zweite Kind, das sie mit fünfzehn erwartete, hatte sie nicht abtreiben lassen. Diesmal hatte sie ihren Zustand solange vor ihren Eltern und meinem Vater verheimlicht, bis es zu spät für einen Abbruch gewesen war.

So erblickte Daniel das Licht der Welt, mein älterer Bruder. Danach kam ich, anschließend meine drei Schwestern Stephanie, Sophie und Lena. Bei Lena wäre unsere Mutter beinahe gestorben. Ihr Leben stand lange Zeit auf der Kippe, doch schließlich sprang sie dem Tod noch einmal von der Schippe. Weitere Kinder waren danach ausgeschlossen. Und ich bin heute dankbar dafür.

Abgesehen von Prügelexzessen war unsere Kindheit begleitet von Umzügen, weil wir die Wohnungsmieten nicht bezahlen konnten, und von Besuchen durch Jugendamt und Polizei.

Die Mädchen kamen irgendwann ins Heim, mein Vater ins Gefängnis. Warum das so war, erzählte unsere Mutter Daniel und mir nicht. Aber sie sagte, dass meine Schwestern dafür verantwortlich wären. Ich sah sie niemals wieder.

Die drei Jahre, während Vater weg war, wurden die schönsten meiner Kindheit. Mutter, Daniel und ich bildeten jetzt zwar eine geschrumpfte, aber doch sehr friedliche und harmonische Gemeinschaft. In dieser Zeit verbesserten sich meine schulischen Leistungen deutlich und ich schaffte sogar den Sprung aufs Gymnasium.

Alles änderte sich, als eines Tages unser Vater wieder vor der Tür stand.
Die Schuld daran, dass er im Gefängnis gesessen hatte, sah er bei seinen Kindern. Und da nur noch zwei von ihnen in Prügelreichweite waren, ließ er es an Daniel und mir aus. Unsere Mutter sah einfach nur zu. Obwohl sie große Furcht vor ihm hatte, war sie froh, dass er wieder bei ihr war, und unterstützte ihn in allem, was er tat. Wenn er sie schlug, suchte sie die Ursache dafür stets bei sich.
Daniel und ich hatten Angst davor, das Schicksal unserer Schwestern teilen zu müssen. Verschiedene Horrorgeschichten hatten wir von Kinderheimen gehört und wollten dort auf keinen Fall hin. So blieben wir verschlossen, wenn uns Vertrauenslehrer oder Nachbarn fragten, ob wirklich alles in Ordnung sei. Verdachtsmomente gab es genug für sie. Beispielsweise, als ich aufgrund meiner stetig schlechter werdenden Noten zurück auf die Hauptschule geschickt wurde und sie sich auch dort nicht verbesserten. Die achte Klasse musste ich wiederholen und ich ging später ohne jeglichen Abschluss ab. Mein Bruder, inzwischen volljährig, hatte zu dem Zeitpunkt bereits zwei Ausbildungen abgebrochen und lungerte nun ohne Arbeit zu Hause oder in irgendwelchen Kneipen herum, zu denen ich noch keinen Zutritt hatte.
Aber eines hatte sich doch verändert: Während mein Vater aufgrund seines Lebenswandels körperlich immer mehr abbaute und man ihn mit vierzig bereits für einen Sechzigjährigen hielt, waren Daniel und ich zu kräftigen, jungen Männern herangewachsen.
Eines Tages war das Maß voll und er überschätzte seine Macht.
Wie so oft zuvor, zog er den Gürtel aus seiner Hose und begann auf uns einzuprügeln. Heute war Daniel dran. Doch Daniel wehrte sich. Fünf Schläge hielt er aus, dann sprang er auf unseren Vater zu und packte seinen rechten Arm, während dieser gerade zu einem weiteren Streich ausholte. Daniel war so voller Wut, dass er den Arm nach hinten bog,

bis dieser knackte. Unser Vater heulte auf. Dennoch ließ er sich seine Macht nicht so einfach streitig machen. Er nahm den Gürtel in die andere Hand und zog meinem Bruder den Gürtel quer über das Gesicht, die Gürtelschnalle landete direkt in seinem rechten Auge. Daniel brach zusammen.
Jetzt griff auch ich ein.
Alles ging unfassbar schnell. Ich prügelte einfach mit meinen Fäusten auf meinen Vater ein. Immer und immer wieder. Er lag unter mir, inmitten zweier inzwischen zerborstener Stühle, alles voller Blut. Er wimmerte, doch ich sah ihn nicht mehr als Person, sondern nur noch als formlose, verschwollene, blutende Masse. Das Recht auf Leben verwirkt. Ich wollte es beenden. Heute. Hier. Für alle Zeit.
Noch ein paar ordentliche Fausthiebe mitten in sein Gesicht sollten ausreichen.
Ich schlug zu.
Für Stephanie.
Für Sophie.
Für Lena.
Für Mutter.
Dann fiel mir Daniel in den Arm. Wie zuvor unseren Vater stoppte er nun mich.
Gerade noch rechtzeitig.
Meine Mutter schluchzte. Sie kniete sich neben ihn und nahm seinen Kopf in den Arm.
Ihre Augen funkelten mich böse an.
Daniel wartete, bis unser Vater wieder gehen konnte, dann warfen wir sowohl ihn als auch unsere Mutter aus der Wohnung.
Es kümmerte uns nicht, was aus ihnen wurde.

37. Kapitel

Die Wohnung sollte ich schon kurze Zeit später für mich alleine haben, denn Daniel musste seine Sachen packen und für vier Wochen in Arrest. Er hatte auf offener Straße eine ältere Dame auf den Asphalt geschubst, ihr dabei die Handtasche entrissen und war davongerannt. Ein Passant hatte ihn verfolgt und ihn schließlich, nur wenige Straßenzüge entfernt, überwältigt. Die Frau hatte beim Sturz leider einen Armbruch und diverse Prellungen erlitten. Nach einer Unzahl Ladendiebstähle und anderer kleiner Delikte, bei denen man ihn erwischt hatte, war dies die erste größere Straftat und Daniel kam mit einer Jugendstrafe davon. Für die nächste, nur vierzehn Tage nach seiner Entlassung, entschieden die Richter, ihn für achtzehn Monate wegzusperren, ohne Bewährung. Er hatte nichts gelernt aus dem Dauerarrest. Er hatte die gleiche Straftat noch einmal begangen und sich erneut von einem Passanten überwältigen lassen.

Wie konnte man nur so dumm sein?

Weil ich alleine die Miete für die Wohnung nicht bezahlen konnte, wurde ich schon bald aus ihr hinausgeworfen. Mittlerweile war ich ebenfalls volljährig.

Zuerst zog ich zu einem Freund. Bennos Situation glich der meinen. Seine Mutter hatte sich das Leben genommen und die neue Frau seines Vaters wollte ihn nicht mehr in der Wohnung haben. Die beiden hatten zumindest den Anstand, ihm monatlich etwas Geld zu überweisen. Zudem hielt er sich mit Aushilfsjobs über Wasser und konnte mir ebenfalls den einen oder anderen vermitteln. Ich half auf Baustellen, fuhr Pizzen aus und verteilte Prospekte.

Das eine oder andere Mal knackte ich einen Zigarettenautomaten und konnte so zumindest halbwegs für mich selbst sorgen. Das Geld - zusammen mit dem vom Sozialamt - reichte irgendwann sogar, mir eine eigene kleine Wohnung zu mieten; denn als Benno eine Freundin hatte,

die regelmäßig bei ihm übernachtete, fühlte ich mich dort zunehmend als Störfaktor.
Von einer eigenen Freundin konnte ich nur träumen. Zum größten Teil hielt ich mich in meiner Freizeit in Kneipen auf. Die Frauen, denen ich dort begegnete, gingen mit jedem ins Bett; die Hübscheren für Bares, die weniger Hübschen für zwei, drei Jackie-Cola. So eine wollte ich nicht, zumindest nicht auf Dauer. Anständige, erfolgreiche Frauen interessierten mich. Frauen, die wussten, was sie wollten. Ladys eben. Die waren mein Beuteraster, besser gesagt, wären es gewesen; denn solche Frauen trieben sich nicht in den dunklen Kneipen herum, in denen ich verkehrte. Immer wieder nahm ich mir vor, eines Tages einfach eine auf der Straße anzusprechen, die mir gefiel, doch niemals brachte ich den Mut dafür auf. Ich fühlte mich weit unter ihrem Niveau.
Eines Tages begegnete ich Jochen im Metropol, meiner Stammkneipe in der Bahnhofstraße. Sehr bald schon stellte sich bei unserem ersten Gespräch an der Theke heraus, dass er auch Daniel kannte.
Zu dem Zeitpunkt hatte ich schon seit mehr als fünf Jahren keinen Kontakt mehr zu meinem Bruder gehabt. Wie ich von Jochen erfuhr, saß er gerade mal wieder ein, und Jochen hatte bis vor zwei Monaten eine Zelle mit ihm geteilt.
Im Laufe der Zeit wurde Jochen zu meinem besten Freund. Natürlich bekam ich mit, dass er das eine oder andere krumme Ding drehte, aber es störte mich nicht. Es gab wenige im Metropol, die nichts auf dem Kerbholz hatten, und die Polizei war hier Dauergast. Immer wieder kochte das Gerücht hoch, die Bullen würden den Laden endgültig dicht machen, doch jedes Mal schaffte es Stavros, der Wirt, seinen Kopf aus der Schlinge zu ziehen.
Aber irgendwann wurde es der Polizei dann doch zu viel. Was das Fass zum Überlaufen brachte, weiß ich nicht. Auf jeden Fall standen Jochen und ich eines Tages vor verschlossenen Türen. Ein Polizeisiegel zeugte davon, dass Stavros das Metropol nicht freiwillig geschlossen hatte. Wir vermuteten, dass er sich in sein heimatliches Kaff in den

Bergen auf Zypern abgesetzt hatte.
Kurze Zeit später verlor ich meinen Hauptjob. Für eine Mietwagenfirma hatte ich Überführungen gemacht. Die Firma hatte mehrere Filialen in der Region, sie lagen bis zu zweihundert Kilometer voneinander entfernt. Meine Aufgabe war es, mit der Bahn an einen anderen Standort zu fahren und Mietautos zurückzubringen, die dort von Kunden abgegeben worden waren und hier gebraucht wurden. Schon seit längerer Zeit schwebte das Damoklesschwert der Insolvenz über der Firma und schließlich wurde sie von einer international operierenden Gesellschaft übernommen. Diese setzte nun natürlich vorrangig ihre eigenen Leute für die Überführungen ein. Zudem wurden einige der Geschäftsstellen im Zuge von Rationalisierungsmaßnahmen komplett geschlossen, auch die, für die ich gearbeitet hatte. Aus der Traum.
Zu Ersparnissen hatte ich es nie gebracht. Wie auch? Das Geld reichte gerade so für Miete, Essen und meine Ausgaben im Metropol. Nun gut, zumindest letztere waren jetzt ohnehin weggefallen.
Dennoch wusste ich nicht, wie es weitergehen sollte.
Jochen erkannte, in welcher Misere ich steckte.
Er hätte eine Idee, wie ich zu Geld kommen könnte, sagte er. Mir war völlig klar, dass es sich dabei um nichts Legales handeln konnte. Aber zumindest könnte ich es mir ja einmal anhören.
Er erzählte mir von Susanne Aurum.

38. Kapitel

Den Namen 'Aurum' kannte ich natürlich. Es war das einzige private Bankhaus in der Stadt. Ich selbst hatte mein Girokonto natürlich bei der Sparkasse. Nur ein einziges Mal hatte ich einen Blick in die Schalterhalle der Privatbank geworfen und prompt war ein Zwei-Meter-Mann in feinem Anzug auf mich zugekommen und hatte mich höflich, aber bestimmt gebeten, das Gebäude zügig zu verlassen. Er hatte mich noch nicht einmal danach gefragt, ob er mir helfen könne. Sein geschulter Blick hatte ausgereicht, um in mir einen Menschen zu erkennen, der hier nichts zu suchen hatte.
Ich fühlte mich gedemütigt und hatte nie wieder einen Fuß in das Bankhaus gesetzt.
„Die Aurums stinken vor Geld", sagte Jochen und sprach damit nur aus, was ich ohnehin schon wusste.
Unser zweites Zuhause war nun, nach der Schließung des Metropols vor ein paar Wochen, eine Eckkneipe geworden, deren bessere Tage lange vor meiner Geburt gelegen haben mussten. Um das landesweite Rauchverbot kümmerte sich hier niemand, noch nicht einmal das Ordnungsamt. Ein Jeder qualmte munter vor sich hin; der Aschenbecher vor Jochen auf dem Tresen quoll regelrecht über. Die tätowierte Frau hinter der Theke sah es und stellte einen anderen, halbleeren daneben, ohne den vollen mit sich zu nehmen.
Selbst im Metropol war man zum Rauchen vor die Tür gegangen. Ich öffnete die zweite Schachtel an diesem Tag und steckte mir ebenfalls eine weitere Zigarette an.
Jochen grinste.
„Findest du es nicht auch ungerecht, dass manche im Luxus leben und manche ihr Bier in einem solchen Loch trinken müssen?" Er deutete um sich.
„Dafür dass du dich nicht wohlfühlst, kommst du aber oft hierher."
„Bleibt mir ja nix anderes übrig." Er griff nach seinem

halbvollen Glas und kippte den Rest in einem Zug hinab. „Wenn wir so vor Geld stinken würden wie die Aurums, würden wir in den feinsten Restaurants speisen und Champagner aus hochhackigen Schuhen schlürfen."

Ich stellte mir Svenja, die tätowierte Kellnerin, gerade in solchen Schuhen vor, rot und glänzend, dazu ein passendes Abendkleid. Dann sah sie mich an und ihr verwirrter Gesichtsausdruck holte mich in die Realität zurück. Vermutlich hatte sie mir angemerkt, dass ich sie ausgiebig gemustert hatte. Sie trug ein schwarzes Top mit einer geballten Faust darauf. Ihr durchtrainierter, muskulöser Oberkörper zeugte davon, dass sie sich hier in ihren geheiligten Hallen niemals die Butter vom Brot nehmen lassen würde. Vor ein paar Tagen war ich Zeuge gewesen, wie sie einen Gast – er hatte betrunken lautstark herumgepöbelt – am Kragen gepackt und eigenhändig vor die Tür gesetzt hatte. Svenja in Abendgarderobe? Zugegebenermaßen ein seltsamer Gedanke. Ich wich ihrem Blick aus und starrte nun auf die Tätowierung 'Mamas Liebling' auf ihrem Oberarm.

„Hey, alles okay, Bastian?" Jochens Frage holte mich in die Realität zurück.

„Klar doch", sagte ich und leerte nun meinerseits das Glas.

Svenja sah es und brachte, ohne dass wir sie darum gebeten hatten, zwei weitere Biere und stellte sie zwischen uns.

„Wäre die etwa dein Typ?", fragte Jochen, als Svenja sich wieder abgewandt hatte.

Mich schüttelte es. Svenja machte mir eher Angst. Neben ihr fühlte ich mich klein und schwach.

„Bist du bekloppt?", fragte ich und Jochen lachte.

„Hätte mich auch gewundert. Man sagt, die Männer, die sie bisher hier aus der Kneipe abgeschleppt hat, wären danach nie wieder gesehen worden."

Zuerst stutzte ich, dann lachte auch ich.

„Kein Vergleich zu der jungen Aurum."

Ich wusste nicht, was er mit der Aussage meinte. Doch dann holte er sein Handy hervor und zeigte mir das Bild einer

überaus attraktiven, jungen Frau.
Anders als die meisten meiner Geschlechtsgenossen hatte ich mir noch nie etwas aus Blondinen gemacht. Ich stand eher auf Brünette. Und die Frau auf dem Display hatte wunderschönes, braunes Haar, das ihr sanft sonnengebräuntes Gesicht umrahmte. Zudem strahlte sie etwas Erhabenes, Edles aus. Genau so eine Frau, wie ich sie mir immer gewünscht hatte. So eine, die unerreichbar für mich war. Ich packte das Handy und vergrößerte mit Daumen und Zeigefinger das Antlitz dieser Traumfrau. Sie hatte während des Schnappschusses nicht zum Fotografen gesehen, und dennoch leuchteten mich ihre Augen an. Offenheit, Sanftmut und Lebensfreude entdeckte ich darin. Dazu dieses strahlende, gewinnende Lächeln. Ich war hin und weg. Mein Herz pochte, mein Verstand setzte aus.
Während sich Jochen gerne mit den billigen Flittchen hier vergnügte, kannte er natürlich meine eigenen Vorlieben.
„Nicht gerade hässlich, oder?“, meinte er und es fiel mir schwer, den Blick abzuwenden.
Am liebsten hätte ich Jochen gebeten, mir das Bild zuzusenden. Doch vermutlich war mein Verhalten bereits auffällig genug.
Jochen fuhr fort: „Das ist Susanne Aurum, Einzelkind und ganzer Stolz ihrer reichen Eltern.“
Susanne. Was für ein schöner Name! Er passte zu ihr.
„Es gibt wenige private Aufnahmen der Aurums. Sie meiden die Öffentlichkeit. Ich habe mich mehrere Stunden vor dem Haus versteckt, um eine Gelegenheit zu bekommen, das Bild zu schießen.“
Warum? Nur, um es mir zu zeigen?
Sein lauernder Blick hätte mich warnen müssen.
„Alles in Ordnung, Bastian?“ Er griff mit einem süffisanten Grinsen nach seinem Handy und für einen Augenblick hielten wir es beide in den Fingern und zerrten daran. Schließlich ließ ich es los. Jochen drückte auf den Ausschaltknopf und Susanne Aurums Bild verschwand. Welch ein Verlust!

„Ich habe einen fantastischen Plan, Bastian!“, verkündete Jochen großspurig.
„Ach ja?“, entgegnete ich und gab mir Mühe, in meinen Tonfall eine beiläufige Skepsis zu mischen.
Erstmal nahm er einen Schluck Bier. Vermutlich versuchte er, mich auf die Folter zu spannen.
„Willst du etwa die Bank überfallen?“, fragte ich. „Vergiss es! Das wird nicht so einfach wie bei Achmed.“
Achmed gehörte der Dönerladen in der Nähe des Bahnhofs und Jochen hatte Achmed vor einem halben Jahr die Pistole vor die Brust gehalten und die gesamten Tageseinnahmen gefordert. Mit zitternden Fingern hatte Achmed seine Kasse geöffnet und Jochen das Geld in die Hand gedrückt, immerhin rund sechshundert Euro. Wie Jochen richtig vermutet hatte, war Achmed deswegen nicht zur Polizei gegangen, denn Achmed wusch Schwarzgeld in seinem Imbiss und Jochen hatte dies gewusst. Keine achtundvierzig Stunden später war Jochen jedoch nachts von zwei Unbekannten verprügelt worden. Jochen hatte eins und eins zusammengezählt und seinen Raubüberfall nicht wiederholt. Seinen Döner aß er seitdem woanders.
„Achmed!“ Jochen spuckte abfällig aus. „So einer bringt doch nix. Das sind nur Peanuts. Bei den Aurums, da ist richtig Schotter zu holen.“
„Und wie willst du das anstellen? Strumpfmaske überziehen und hinein marschieren? Da stehen überall Sicherheitsleute.“
Jochen tippte sich mit dem Zeigefinger an die Stirn.
„Ich bin doch nicht blöd. Ich habe einen viel besseren Plan, wie wir an das Geld kommen.“
„Soso. Na, du wirst ihn mir bestimmt gleich erzählen.“
Jochen sah sich um.
„Aber nicht hier und heute. Sonst klaut uns noch irgend so ein Kleinkrimineller meine schöne Idee.“
„Wo dann?“
„Ich komm morgen Abend zu dir. Du besorgst das Bier und ich bring uns zwei schöne saftige Steaks mit.“

Mein Leibgericht. Jochen wusste, wie er meine Aufmerksamkeit erlangen konnte. Sofort lief mir das Wasser im Mund zusammen.
„Aber jetzt wollen wir erstmal Party machen“, rief er und bestellte bei Svenja zwei doppelte Jägermeister.
Zu den beiden gesellten sich noch viele andere; an den weiteren Verlauf des Abends verblieben mir nur sehr schwammige Erinnerungen.

39. Kapitel

Oh, wie das duftete!
Jochen stand in der Nische meiner Wohnküche und vor ihm in der Pfanne auf dem Herd brutzelten die beiden Stücke Rindfleisch, die er mitgebracht hatte.
Den Tisch hatte ich bereits gedeckt und auch die beiden Bierflaschen geöffnet. Gläser benötigten wir nicht. Genüsslich zog ich an meiner Zigarette und lehnte mich auf dem Wohnzimmersofa zurück.
„Hier sind die Gewürze drin, oder?“ Ohne eine Antwort abzuwarten, öffnete Jochen einen der Hängeschränke.
„Was ist das denn?“, fragte er, nachdem er einen Blick hineingeworfen hatte. „Was willst du denn mit all der Blumenkohlsuppe?“
„Die esse ich nun mal gerne und sie ist schnell gemacht. Außerdem war sie im Angebot.“
„Das sind bestimmt zwanzig Packungen!“
„Ja, und? Kümmere dich lieber um unsere Steaks. Ich glaube, die brennen gerade an.“
Er erschrak, nahm den Pfannenwender in die Hand und drehte die Fleischstücke um. Die gesuchten Gewürze entdeckte er danach in einem der anderen Hängeschränke.
Eines musste man ihm lassen: Wie man Steaks zubereitete, das wusste er.
Er war heute Vormittag extra ins Umland gefahren, über eine Stunde Fahrt, zu einer Landmetzgerei, die für ihre guten Fleisch- und Wurstwaren weit über ihr heimatliches Dorf hinaus bekannt war. Die Rumpsteaks dort kosteten das Fünffache von dem, was ich ansonsten bei Lidl für die gleiche Menge bezahlte.
Nicht nur Liebe ging durch den Magen: Ich wusste inzwischen, dass Jochen etwas von mir wollte und gerade versuchte, mich hierzu in eine wohlwollende Stimmung zu versetzen. Wir mochten die Steaks beide auf die gleiche Art: nicht durchgebraten, nicht medium, sondern richtig schön

blutig.
„Warum sind wir nicht gleich in Clifford‘s Steakhouse gegangen?“, fragte ich.
Es war zwar teuer dort, doch ab und zu leisteten wir uns diesen Luxus.
„Ich wollte nicht, dass die Typen an den Nachbartischen große Ohren bekommen, bei dem, was ich mit dir zu besprechen habe.“
Und endlich war es soweit: Jochen balancierte die Pfanne vor sich her, stellte sie auf den Untersetzer auf dem Tisch und verteilte dann die Steaks auf unsere Teller. Natürlich bemerkte ich, dass er mir das größere gab.
Anschließend holte er aus dem Backofen ein Blech mit Pommes Frites und schaufelte diese ebenfalls auf unsere Teller.
Ich fing bereits an, mir mit Messer und Gabel ein Stück Fleisch abzuschneiden, und hatte es bereits auf der Zunge, als Jochen sich neben mich setzte.
„Na?“, fragte er.
„Super“, sagte ich, noch ehe ich das Stück hinuntergeschluckt hatte.
Ich genoss den Geschmack des Blutes und aß nach und nach das ganze Steak auf, erst hinterher kümmerte ich mich um die Pommes.
So viel Vorfreude und dann so rasch vertilgt.
„Und?“
„Das war so lecker. Du bist wie eine Mutter zu mir“, antworte ich, „nur nicht so bärtig.“
Das war mein Lieblingsspruch und Jochen lachte, als würde er ihn zum ersten Mal hören.
„Verdauungsschnäpschen?“, fragte er dann.
„Also, wenn ich es nicht besser wüsste, würde ich denken, du versuchst, mich ins Bett zu kriegen.“
Jochen erschrak sichtlich.
„Keine Sorge“, sagte ich. „So viel kann ich gar nicht trinken.“

Jochen stand auf und holte eine Flasche Jägermeister aus dem Kühlschrank. Ich hatte gar nicht mitbekommen, dass er sie dort deponiert hatte. Wo er die Schnapsgläser finden konnte, wusste er. Er setzte sich wieder neben mich und schenkte uns zwei Doppelte ein.
„So, dann erzähl mir mal, wie du an die Kohle von den Aurums kommen willst."
Jochens Augen glänzten, während er antwortete: „Wir werden Lösegeld von ihnen fordern."
„Lösegeld? Wofür?"
„Bastian, wirst du mir helfen, Susanne Aurum zu entführen?"

40. Kapitel

Der Gedanke daran, dieser Frau nahe zu sein, verursachte mir Herzklopfen.
„Kann ich nochmal ihr Foto sehen?"
„Wieso das denn?" Zwar zog Jochen die Augenbrauen nach oben, doch kramte er sein Handy hervor und rief die Bilddatei auf. Es schien mir so, als würden Susannes Augen noch mehr strahlen und sie selbst mich sehnsüchtig anlächeln.
„Ich sehe, es würde dir gefallen, sie in deiner Gewalt zu haben."
„In meiner Gewalt?"
Der Gedanke, ihr Zwang anzutun, ließ mich erschaudern.
„Na, freiwillig wird sie sicher nicht mit uns mitkommen."
Er knipste das Handy aus und steckte es wieder ein. Am liebsten hätte ich danach gegriffen, um mir weiter das Foto ansehen zu können.
„Ihr darf nichts geschehen", sagte ich mit fester Stimme; Jochen schien dies als eine Art Einverständnis zu seinem Plan aufzufassen.
„Nein, natürlich nicht. Damit ist niemandem geholfen. Ihr Vater soll das Geld abdrücken, dann passiert ihr schon nix."
Jochen griff zu der Flasche Jägermeister und schenkte uns zwei weitere Schnäpse ein. Danach begann er - ohne weitere Nachfrage meinerseits - seinen Plan zu erläutern.
„Sie ist die meiste Zeit auswärts an so einer privaten Business-School, irgend so ein englischer Name. So viel habe ich schon in Erfahrung gebracht. Aber da sind ab kommender Woche Semesterferien. Dann ist sie hier."
Er sah mich kurz an, doch ich reagierte nicht. Dennoch sprach er weiter.
„Wir werden sie einfach beschatten und warten auf eine günstige Gelegenheit."
Nach einer ausgereiften Strategie hörte sich das nicht an.
„Wenn sie allein und unbeobachtet ist, schnappen wir sie uns

einfach und nehmen sie mit."
„Wie stellst du dir das vor?"
„Zum einen gilt sie als sehr ehrgeizig und zielstrebig, zum anderen als Einzelgängerin. Sie hat noch nie einen festen Freund gehabt."
Das konnte ich mir bei ihrem Aussehen überhaupt nicht vorstellen.
Es schien fast so, als hätte Jochen meine Gedanken gelesen, als er sagte: „Das Bankhaus, die Familientradition und ihre Karriere gehen ihr über alles. Da gibt es keinen Platz für Beziehungskisten."
Vermutlich konnte ihr bislang auch niemand das Wasser reichen. Ich kam mir wie ein Narr vor, als ich mich dabei ertappte, dass ausgerechnet ich davon träumte, ihr Gefallen zu finden.
Wir kippten den dritten doppelten Jägermeister.
„Also erwischen wir sie sicher einmal, wenn sie allein unterwegs ist. Dann zerren wir sie in eine Seitenstraße ..."
„Sie wird sich wehren", unterbrach ich seine Siegesgewissheit.
Er stand auf, ging hinüber zu seiner Jacke, die über einem Stuhl hing, und kramte ein Fläschchen daraus hervor.
„Und hier kommt mein alter Freund Chloroform ins Spiel."
Vor meinem inneren Auge sah ich Susanne, deren Gliedmaßen erschlafften. Sie fiel in meine ausgestreckten, stützenden Arme. Ich konnte sie regelrecht spüren.
„Ich merke, dir gefällt die Vorstellung", entgegnete Jochen.
Ich ertappte mich dabei, dass ich lächelte.
„Aber wir tun ihr nicht weh?"
„Sag mal, willst du was von der?"
Ich erschrak.
„Nein", sagte ich schnell; vermutlich zu schnell, denn Jochen beäugte mich argwöhnisch.
„Soll ich jemand anderen fragen? Holger? Oder Dimitri?"
Susanne in den Armen dieses grobschlächtigen Holgers? Ich hatte ihn seit der Schließung des Metropol nicht mehr gesehen und hatte gedacht, er sei im Knast. Und Dimitri war

ein noch weitaus unangenehmerer Zeitgenosse. Ich war einmal Augenzeuge gewesen, wie er einer der Frauen im Metropol mit der Faust mitten ins Gesicht geschlagen hatte, nur weil sie sich versehentlich auf seinen Barhocker gesetzt hatte.

„Nein, nicht Holger, nicht Dimitri."

„Dann bist du dabei?"

Jochen würde die Sache durchziehen, so oder so. Besser, wenn ich ein Auge auf ihn hatte.

Ich nickte.

„Gut. Alleine kann ich das nämlich nicht wuppen."

Ein weiteres Mal stießen wir an. Diesmal auf unsere Freundschaft und ebenso auf ein gutes Gelingen.

Während mir Jochen seine weitere Vorgehensweise erläuterte, kehrten meine Gedanken immer wieder zu Susanne zurück. Bald würde ich ihr nahe sein. Nein, ich würde ihr nichts Böses antun. Und ich würde sie beschützen, vor Jochen und vor allen anderen, die ihr schaden könnten.

Ich wollte realistisch bleiben: Vermutlich blieb sie ohnehin unerreichbar für mich. Was sollte sie schon von so einem wie mir wollen?

Aber so konnte ich wenigstens für ihre Unversehrtheit sorgen. Wer weiß, vielleicht konnte ich dadurch schließlich doch ihr Held werden und ihr Herz gewinnen ...

Jochen schwärmte inzwischen davon, was er alles mit dem erpressten Geld unternehmen wollte. Eine neue Existenz wollte er sich aufbauen, irgendwo in der Karibik. Mit Sonne, Cocktails und braungebrannten Chicas.

Irgendwann schlief er nach all den Jägermeistern einfach auf dem Sofa ein.

Ich selbst dagegen war immer noch völlig aufgekratzt von der Vorstellung, dieser Frau persönlich zu begegnen. Mein Herz raste, mein Verstand konnte sich auf gar nichts anderes mehr konzentrieren.

Zur Ablenkung schaltete ich den Fernseher ein, Jochens leises Schnarchen störte mich nicht.

Ich zappte umher und irgendwann landete ich bei dieser Serie mit dem gestylten Schönling, der ein Psychologe sein sollte. Ich hatte schon mehrere Folgen gesehen. Völlig unrealistisch. Dennoch übten die Fälle des Psychologen einen unwiderstehlichen Reiz auf mich aus. Die Episode, die gerade lief, kannte ich nicht, und danach wurden zwei weitere gesendet. Ich gönnte mir noch drei Jägermeister, dann wechselte auch ich während der dritten Folge von 'Dr. Foster' hinüber ins Land der Träume.

41. Kapitel

Einen Menschen zu beschatten ist öde.
Zum Beispiel muss man stundenlang an einem Platz verharren und darauf warten, dass die beobachtete Person das Haus verlässt.
Glücklicherweise mussten wir uns dabei nicht die Beine in den Bauch stehen. Jochen hatte ein möglichst unauffälliges Fahrzeug besorgt, einen alten, schwarzen Golf mit getönten Scheiben. Da Jochen stets knapp bei Kasse war, glaubte ich ihm nicht, dass er ihn sich gekauft hatte, wie er behauptete. Aber weil ich keine Lust auf einen Streit hatte, hakte ich nicht nach, sondern beließ es dabei.
Gegenüber der Villa der Aurums befand sich ein kleiner, öffentlicher Parkplatz. Sechs Fahrzeuge konnte man darauf abstellen. Unseren Golf hatten wir so geparkt, dass wir – abgeschirmt durch Buschwerk – den Garten und den Zufahrtsbereich zur Villa im Blick hatten.
Wenn jemand das Gelände zu Fuß oder mit dem Wagen verließ, würden wir es mitbekommen. Dass Susanne Aurum einen ebenfalls schwarzen Audi A1 fuhr, wussten wir bereits. Vorgestern, am Samstag, war sie mit dem Auto vom Studium nach Hause gekommen. Seitdem stand es in einer der beiden Garagen der Aurums. Die andere war leer, denn Susannes Vater hatte das Haus heute bereits in den frühen Morgenstunden verlassen. Mit seinem eigenen Audi, einem deutlich größeren Modell. Mit diesem waren Susanne und ihre Eltern gestern auch zu einem längeren Spaziergang in einen Wald in der Umgebung gefahren.
Ich selbst war derartige Wanderungen nicht gewohnt, Jochen ebenfalls nicht.
Uns hatten bei der Verfolgung schon bald die Füße geschmerzt, während die Aurums noch in flottem Tempo die Waldwege entlang wanderten.
Für keine Sekunde blieb Susanne allein und es ergab sich für uns zu keinem Zeitpunkt die Möglichkeit, sie in die Finger

zu bekommen.
Ob wir heute mehr Glück hatten?
Jochen gähnte und steckte mich damit an.
„Ich kann mich nicht entscheiden, was schlimmer ist“, flüsterte er, als befürchtete er, jemand könnte uns belauschen. „Ein Gewaltmarsch durch den Wald oder hier vor Langeweile zu sterben.“
Meine Gedanken kehrten zu Susanne zurück. Seitdem ich sie am Wochenende zum ersten Mal leibhaftig gesehen hatte, war es endgültig um mich geschehen. Jochens Bild auf dem Handy hatte schon so viel versprochen und war ihr dennoch bei weitem nicht gerecht geworden.
Wie sie aussah!
Wie sie sich bewegte!
Noch nie hatte mich eine Frau so fasziniert.
Und während wir den Aurums gefolgt waren, hatten wir hin und wieder Sprachfetzen von ihrer Unterhaltung aufgeschnappt – und Susannes helles Lachen.
Es berührte mich. An meinem Herzen und in meinem Herzen.
Und ich konnte es sogar noch heute hören und spüren, fast vierundzwanzig Stunden später.
Ich sehnte mich danach, dass sie endlich aus dem Haus kam.
Alleine der Gedanke, dass sie sich keine hundert Meter von mir entfernt in dieser Villa aufhielt, weckte meine Sehnsucht. Ich stellte mir vor, wie sie sich im Bett nach dem Erwachen räkelte, wie sie ins Bad ging, danach an den von ihrer Mutter reichhaltig gedeckten Frühstückstisch. Wie sie sich setzte, wie sie versonnen zum Fenster hinaussah, wie sie sich entspannt mit ihrer Mutter unterhielt. Ich sah vor meinem geistigen Auge, wie sie eine Scheibe Brot mit Marmelade bestrich, es duftete nach Erdbeeren.
„Bist du eingeschlafen, Bastian?“
„Nein“, antwortete ich rasch. Mir war gar nicht aufgefallen, dass ich die Augen geschlossen hatte.
„Du bist mir ja eine schöne Hilfe. Wie sollen wir da die Aurum beschatten, wenn du einpennst?“

„Ich penne nicht“, sagte ich etwas lauter und strenger als beabsichtigt, denn die Formulierung 'die Aurum' gefiel mir überhaupt nicht.
„Da“, sagte er, ehe ich ihn zurechtweisen konnte. „Das Garagentor.“
Geräuschlos klappte es nach oben. Susanne Aurum musste den Öffnungsmechanismus aktiviert haben, denn jetzt schritt sie selbstbewusst zu ihrem Wagen.
Sie trug ein modisches, dunkelblaues Businesskostüm, dazu hochhackige Schuhe, die Haare hatte sie streng nach hinten gekämmt. Sie wirkte gerade so, als ginge sie zu einem Meeting.
Vielleicht, kam mir der Gedanke, hätte ich seinerzeit nicht so häufig die Schule schwänzen sollen.
Wer weiß, was aus mir geworden wäre? Vielleicht hätte ich ebenfalls Karriere machen können.
Meine Lehrer jedenfalls hatten stets betont, dass sie mich nicht für dumm hielten, nur für ausgesprochen faul. Nachdem ich ohne jeglichen Abschluss abgegangen war, hatte ich mich nie mehr mit dem Thema Bildung beschäftigt. Bis heute.
Möglicherweise sollte ich etwas in meinem Leben überdenken ...
Jochen holte mich rüde aus meinen Überlegungen: „Jetzt wird es spannend. Sie startet den Motor. Und wir bleiben dran.“
Auch er drehte den Zündschlüssel.
Wir hatten keine Mühe, uns hinter ihr zu halten. Jochen gelang es sogar, immer ein oder zwei Autos zwischen dem Audi und unserem Golf zu lassen, ohne ihren Wagen aus den Augen zu verlieren.
„Ist sicherer“, sagte er. „Sonst fällt ihr noch auf, dass sie verfolgt wird.“
Sie fuhr in Richtung der Innenstadt.
„Vermutlich fährt sie zur Bank, zu ihrem Vater“, meinte Jochen und ich widersprach ihm nicht.
Wegen des jährlichen Rummels, der gerade in der City

stattfand, waren zahlreiche Straßen gesperrt. Susanne Aurum musste einen Umweg fahren, um zum Bankhaus zu kommen.
Gerade erreichte sie die bankeigene Tiefgarage.
„Wieder warten“, sagte Jochen und zog ein langes Gesicht.
Zum Glück fanden wir genau gegenüber der Bank einen freien Parkplatz, sodass wir sowohl den Eingang zur Schalterhalle als auch die Garageneinfahrt im Auge behalten konnten.
Mittlerweile war es später Vormittag und mir knurrte der Magen.
„Ich glaub, ich hab' Schokoriegel im Handschuhfach gesehen.“
Ich öffnete es und nahm mir einen davon. Etwas Richtiges zu essen wäre mir jetzt lieber gewesen.
Nach dem ersten Bissen hätte ich mich beinahe übergeben. Ich öffnete die Scheibe und spuckte die Schokolade hinaus.
„Nicht mehr gut?“
Diese Frage war ja wohl mehr als unnötig.
Gegen meinen Hunger hatte der Schokoriegel dennoch genützt, denn der war mir gründlich vergangen.
Mein Magen meldete sich erst anderthalb Stunden später wieder, just in dem Moment, in dem Susanne Aurum auf die Straße trat.
Sie verließ das Gebäude, wandte sich nach rechts und eilte zielstrebig in Richtung des Rummels.
Wir stiegen rasch aus dem Auto aus und liefen ihr hinterher.
Der Jahrmarkt war tatsächlich ihr Ziel. Jetzt, in der Mittagszeit, lockte er bei weitem nicht so viele Besucher an wie in den Abendstunden. Die Fahrgeschäfte und Losbuden hatten zum Teil noch geschlossen, doch die zahlreichen Essensstände waren bereits geöffnet. Susanne Aurum hielt schnurstracks auf eine kleine Holzhütte zu, an der ein Schild für Backfisch, Meeresfrüchte und Fischbrötchen warb.
Von irgendwoher dudelte Schlagermusik, es hörte sich wie Helene Fischer an.
Na ja, der Nachname passte zumindest zum Essen.

Dagegen wirkte die feine Susanne hier deplatziert. Ich stellte sie mir eher bei Champagner und Kaviar vor, doch nachdem sie kurz mit der Frau hinter dem Tresen gesprochen hatte, drückte diese ihr ein Schälchen mit Backfisch in die Hand. Möglichst unauffällig standen wir in dem Zwischenraum zwischen den gegenüberliegenden Buden und sahen, wie sich Susanne Aurum umdrehte und an einen der Stehtische ging. In ihrem Gesicht konnte man ablesen, dass ihr der Backfisch schmeckte.
Dabei hätte ich sie stundenlang beobachten können.
Wie gerne wäre ich jetzt bei ihr gestanden, hätte mich mit ihr unterhalten oder ihr einfach nur in die Augen geblickt. Doch dafür hätte mir vermutlich bereits ohne Jochens und meine Hintergedanken der Mumm gefehlt.
Als die Schale leer war, gesellte sich Verwunderung in ihre Züge. Zudem hatte ich das Gefühl, dass sie bleicher geworden war.
Ich teilte meine Beobachtung Jochen mit, doch der tat sie als Quatsch ab: „Die sieht genauso aus wie vorher."
Jetzt runzelte sie die Stirn und blickte skeptisch in die Schale. Dann griff sie sich an den Bauch und vollführte mit der Hand kleine Kreisbewegungen.
Anschließend brachte sie das Plastikgeschirr zurück an den Tresen und unterhielt sich erneut mit der Verkäuferin. Diese schüttelte vehement den Kopf. Susanne Aurum gab auf und ging den Weg zurück, den sie gekommen war.
Täuschte ich mich oder schwankte sie leicht beim Gehen?
Sie wirkte langsamer auf mich.
Erneut teilte ich meine Einschätzung Jochen mit.
„Keine Ahnung", sagte er. „Vielleicht war mit dem Zeugs was nicht in Ordnung und jetzt ist ihr schlecht."
Arme Susanne.
Nachdem sie den Rummel verlassen hatte, veränderte sich ihre Marschroute. Statt geradewegs zur Bank ihres Vaters zurückzukehren, ging sie in einen kleinen, dunklen Seitenweg, der lediglich zu Altstadtwohnhäusern führte.

Ein Schild mit der Aufschrift 'Privatweg – Durchgang verboten' stand davor und ich ahnte bereits, was sie hier wollte.
Sie streckte die rechte Hand nach der Wand aus, um das Gleichgewicht nicht zu verlieren, dann beugte sie sich nach vorne. Sie war uns abgewandt, aber das Geräusch sprach für sich.
„Sag ich doch“, meinte Jochen. „Ihr ist schlecht.“
Und dann reagierte er.
Aus der Innentasche seiner Jacke holte er das Fläschchen mit dem Chloroform, öffnete es und benetzte ein Stofftaschentuch, das er extra zu diesem Zweck mitgenommen hatte.
Rasch stellte er sich hinter Susanne Aurum und drückte ihr das Tuch auf die Nase.
Sie zappelte, versuchte sich zu wehren, doch ihr Widerstand erlahmte rasch.
„Wie wäre es, wenn du mir hilfst?“
Endlich. Endlich konnte ich ihr nahe sein.
Ich ging zu meiner Susanne und nahm sie in die Arme.

42. Kapitel

Susannes Augen hatten sich inzwischen geschlossen und sie war in sich zusammengesackt. Auf beiden Seiten ihres Körpers hakten Jochen und ich uns unter. Ihre schlanke Gestalt hatte ich bereits im Stillen bewundert; nun war sie uns auch noch nützlich, denn wir hatten keine Mühe, Susanne Aurum aus der kleinen Sackgasse zu führen.
Doch so richtig durchdacht schien mir Jochens Plan nicht. Sich unauffällig zu verhalten, sah anders aus. Und schließlich war helllichter Tag.
Was, wenn uns jemand aus der Bank entgegenkam?
Sicher kannten alle Mitarbeiter die Tochter des Chefs.
Das Kinn kraftlos auf die Brust gefallen, zu ihrer Linken und zu ihrer Rechten unbekannte Männer; das schien mir doch viel zu riskant und ich teilte Jochen meine Bedenken mit.
„Du hast recht“, sagte er und machte eine Drehbewegung zurück in den privaten Weg. „Du holst den Wagen hierher und ich bleibe bei der Aurum. Falls jemand kommt, tue ich einfach so, als sei ihr schlecht geworden. Entspricht ja sogar der Wahrheit.“
'Bei der Aurum' ..., wie sich das anhörte. Dazu dieses breite, abfällig wirkende Grinsen.
„Nein“, sagte ich. „Ich bleibe hier und du holst das Auto.“
Keine Sekunde wollte ich Jochen mit Susanne alleine lassen.
Er musste mir angemerkt haben, wie ernst es mir war, denn ohne jede Widerrede ließ er von Susanne ab und ging.
Und ich? Allein in einer halbdunklen Gasse mit der Frau, die inzwischen fast rund um die Uhr meine Gedanken beschäftigte.
„Geht es?“, fragte ich leise, obwohl ich nicht glaubte, dass sie mich hören könnte.
„Alles wird gut“, sagte ich, und vermutlich versuchte ich damit, eher mich als sie zu beruhigen.
Mit meiner Hand berührte ich sanft ihre Wange. Sie glühte.
Eine Folge des verdorbenen Fischs oder des

Betäubungsmittels?
Ihr momentaner Zustand tat ihrer Attraktivität keinen Abbruch.
Ob ich ihr rasch einen Kuss auf die Lippen drücken könnte?
„Alles in Ordnung? Kann ich Ihnen irgendwie behilflich sein?“
So gut es ging, drehte ich meinen Kopf und konnte eine alte Frau identifizieren, die am Eingang zu der Sackgasse stand.
„Es geht schon wieder“, sagte ich. „Meiner Frau ist nur etwas schlecht.“
Die Alte nickte und verschwand wieder.
'Meiner Frau', wie sich das anhörte – und anfühlte.
Träumen durfte man ja …
Und im Augenblick war ich mit ihr allein.
In aller Seelenruhe musterte ich sie. Zwar stand ihr auch die Blässe, aber lieber wäre es mir gewesen, ihre gesunde Gesichtsfarbe würde zurückkehren.
Natürlich genoss ich die Minuten in Susannes Nähe, dennoch war Jochens Rückkehr längst überfällig.
Ob irgendetwas schief gegangen war?
Die Zeit dehnte sich – und endlich tauchte unser Golf im Schritttempo vor dem Privatweg auf.
„Blöde Tussi vom Ordnungsamt“, schimpfte Jochen, als er ausstieg und zu mir eilte. „Musste mich unbedingt belehren, dass ich einen Parkschein brauchen würde.“
Er griff wieder nach Susanne und gemeinsam geleiteten wir sie zum Wagen.
„Am liebsten wäre ich einfach eingestiegen und losgefahren. Aber das wäre wohl zu auffällig gewesen.“
„Und jetzt? Wie ist es ausgegangen?“, fragte ich, nachdem ich die Tür zur Rückbank geöffnet hatte und Susanne sanft hineinsetzte.
„Sie hat sich das Kennzeichen notiert und mir danach einen Strafzettel in die Hand gedrückt.“
„Bist du verrückt? Jetzt können die doch recherchieren, wer gegenüber der Bank zum Tatzeitpunkt geparkt hat!“
Ich ging um den Wagen herum und setzte mich nach hinten

zu Susanne.
„Keine Sorge“, meinte Jochen, während er hinter dem Lenkrad Platz nahm. „Die Nummernschilder gehören nicht zu diesem Wagen.“
Im Rückspiegel sah ich, dass er lächelte.
„Und jetzt“, sagte er, „fahren wir die Aurum zu ihrer Luxusherberge im Wald!“

43. Kapitel

Ich schnallte Susanne fest und passte auf, dass sie während der Fahrt nicht zu sehr hin und her wackelte. Der Kopf schlenkerte immer mal wieder von links nach rechts und zurück, doch es gab nichts, woran er sich stoßen oder gar verletzen konnte.

Ich hasste mich bereits dafür, dass wir ihr das antaten.

Als wir die Stadt verlassen hatten, fuhr Jochen eine weitere halbe Stunde, dann bog er in einen Waldweg ab. Wir rumpelten durch ein Schlagloch und plötzlich riss Susanne die Augen auf. Ehe ich darauf reagieren konnte, sah sie mich verständnislos an, dann blickte sie zu Jochen. Der drehte sich gerade halb um und streckte mir das Fläschchen Chloroform und das Taschentuch entgegen, mit der anderen Hand hielt er weiter das Lenkrad.

„Schnell“, sagte er. Ich griff zu, während er seine Aufmerksamkeit schon wieder der Strecke widmete. Ohne lange zu überlegen, kippte ich Chloroform auf das Tuch und hielt es Susanne unter die Nase. Keine Ahnung, ob sie überhaupt begriffen hatte, was um sie herum geschah. Ihre Augen waren auf seltsame Weise ausdruckslos gewesen. Jetzt schlossen sich ihre Lider wieder und ihr Kopf kippte erneut nach vorn.

„Ob sie uns erkannt hat?“

„Keine Ahnung“, meinte Jochen, während der Wagen weiter über den maroden Weg hoppelte. Jetzt bog er erneut ab und was vor uns lag, war nur mit großer Mühe als Schneise durch den Wald erkennbar.

„Bist du dir sicher, dass wir hier richtig sind?“, fragte ich.

„Klar doch. Hier kommt niemals jemand her. Deswegen habe ich den Ort ja ausgewählt.“

Kaum hatte er es ausgesprochen, blieben wir in einer Mulde stecken. Ich musste aussteigen und anschieben. Zuerst drehten die Räder durch, doch irgendwann hatten wir Glück und sie griffen wieder.

Nach weiteren fünf Minuten erreichten wir eine Hütte aus Holz, die so schief und verfallen aussah, als würde der nächste etwas stärkere Wind sie zum Einstürzen bringen.
Der Weg endete genau hier. Mücken umschwirrten mich, als ich ausstieg. In der Ferne klopfte ein Specht. Um die Hütte herum dichter Baumbestand, Mischwald. Die Natur hatte bereits damit begonnen, ihr Territorium zurückzuerobern. Efeu kletterte an allen Seiten der Hütte empor, die Nordseite war kniehoch mit Moos bedeckt. Neben der Tür breitete sich ein mächtiger Busch aus und wuchs durch ein zerbrochenes Fenster ins Innere.
„Wir hatten die Hütte entdeckt, als wir zwölf waren."
„Wer ist 'wir'?"
„Ein Kumpel und ich. Wir waren von zuhause ausgebüchst. Drei Tage haben uns die Sachen gereicht, die wir bei Aldi geklaut hatten. Dann sind wir wieder zurück. Wir waren völlig zerstochen. Unsere Eltern hatten noch nicht einmal eine Vermisstenanzeige aufgegeben. Mein Alter hat mich daraufhin ordentlich mit seinem Gürtel verprügelt. Bei Robby war es ähnlich. Er hat letztes Jahr den Löffel abgegeben."
Ich wollte gar nicht wissen, auf welche Art und Weise ein so junger Mann gestorben war. Stattdessen beugte ich mich bereits in den Wagen und gurtete Susanne los. Sachte zog ich sie heraus und versuchte, sie auf die Beine zu stellen.
Jochen steckte sich währenddessen eine Zigarette an und beobachtete mich.
„Könntest du mir vielleicht helfen?"
„Mir gefällt nicht, wie du sie ansiehst!"
„Wie sehe ich sie denn an?"
„Auf jeden Fall nicht als das, was sie ist: Ein Sack voll Kohle für unser Ticket in die Karibik und für ein sorgloses Leben mit Rum und rassigen Weibern."
„Ich wäre dir dennoch äußerst dankbar, wenn du mit anpackst."
Mit der Zigarette im Mundwinkel kam er jetzt heran und stützte Susanne auf der anderen Seite.

„Du hattest etwas von einem Keller erzählt. Danach sieht mir die Laube aber nicht aus.“
„Zugegebenermaßen war sie damals in etwas besserem Zustand.“
„Du hast sie nicht durchgecheckt in den letzten Tagen?“
„Was willst du denn? Ich habe doch hingefunden. Sie steht noch und es gibt auch einen Keller, mein Freund.“
So langsam schwante mir, dass die Sache doch etwas zu groß für uns sein könnte. Zigarettenautomaten zu knacken oder einer alten Frau die Handtasche wegzureißen, war eine Sache, aber die Entführung einer Bankierstochter war doch eine ganz andere Hausnummer.
Ich hatte mich viel zu sehr auf Jochen verlassen.
Ich hatte nur noch an Susanne gedacht und er nur noch an das Geld.
Strategisches Vorgehen? Fehlanzeige.
Als wir an der Hütte ankamen, stieß Jochen mit seinem Fuß die Tür auf und ich hatte sofort Angst, das ganze windschiefe Gebäude könnte in sich zusammenfallen. Doch die morschen Balken stemmten sich wacker gegen die Schwerkraft. Im Dach klaffte ein mannsgroßes Loch, durch das die Sonne den Innenraum taghell erleuchtete. Überall lagen Äste, Laub und mehr oder weniger zerdepperte Dachziegel, in einer Ecke ein halb verwester Fuchs. Es roch nach vermodertem Holz. Trotz aller Vorsicht beim Eintreten riss ein dicker Ast, der durchs Fenster hereinragte, ein Loch in Susannes Kostüm. Ich versuchte daraufhin, ihn zur Seite zu biegen, damit er uns nicht mehr im Weg war, doch er schnellte mit großer Geschwindigkeit zurück in seine Position.
„Hier können wir sie nicht lassen“, sagte ich sofort.
„Warum? Für Robby und mich war es auch gut genug!“
„Habt ihr auch neben Tierkadavern gepennt?“
„Den räumen wir einfach raus. Und Susanne soll ja ohnehin in den Keller.“
Ich blickte mich um. Die Hütte bestand nur aus einem einzigen Innenraum und von einer Treppe war weit und

breit nichts zu sehen.
„Ich glaube, deine Erinnerung trügt dich.“
Ohne Vorwarnung ließ Jochen Susanne los. Ich hatte Mühe, sie so plötzlich alleine zu stützen, aber ich wollte sie auf gar keinen Fall in den Dreck hier setzen.
Jochen schritt hin und her und untersuchte den Grund. Mit einem Stock klopfte er an verschiedene Stellen des von Moos und Efeu überwucherten Bodens und irgendwann hörte es sich tatsächlich hohl an. Mit dem Stock kratzte er die Vegetation zur Seite und zum Vorschein kam eine Falltür. Ursprünglich war sie mit einem Riegel versperrt gewesen, den man mit einem Vorhängeschloss sichern konnte. Doch der Riegel war längst so verrostet, dass er keinerlei Zweck mehr erfüllte.
Jochen packte den Griff der Falltür und zerrte mit aller Kraft daran. Das morsche Holz ächzte, doch schließlich gelang es ihm, sie aufzureißen.
Er blickte nach unten: „Sag ich doch, dass es hier einen Keller gibt.“
Susanne weiter stützend, näherte ich mich vorsichtig der Falltür und sah ebenfalls hinab.
Die Bezeichnung 'Keller' war wirklich extrem beschönigend. Es handelte sich lediglich um ein Loch im Boden; das spärliche Licht in der Hütte offenbarte keine zwei Quadratmeter Grundfläche und aufrecht stehen konnte man bei geschlossener Falltür dort auch nicht. Der Grund schien aus glatt getrampelter Erde zu bestehen.
„Ich vermute mal, dass sie hier unten früher mal was versteckt hatten. Robby faselte immer etwas von Nazi-Gold. Der hatte echt einen an der Waffel. Hier im Wald. Bei uns. Nazi-Gold. Was für ein Blödsinn. Vermutlich hat hier irgendein Schwarzbrenner seinen Schnaps versteckt oder so.“
Seine Erklärung hörte sich für mich aber auch nicht viel glaubwürdiger an.
Hier wollte er also meine Susanne unterbringen.
Ich sah zu ihr, dann erneut in das Loch.

„Komm, wir lassen sie einfach hinunter“, meinte er, griff wieder zu und zerrte an ihr.
Eigentlich wollte ich das nicht, aber mich Jochen zu widersetzen, hätte bestimmt sein Misstrauen erregt. Also ließ ich es zu und gemeinsam schoben wir Susanne über die Kante der Öffnung. Wir hielten sie gut fest, während wir sie hinab gleiten ließen. Als ihre Füße den Grund berührten, beugten wir uns weiter nach unten und richteten ihren Körper so aus, dass er saß und Susanne mit dem Rücken an einer der Wände lehnte. Falls sie aufwachte, würde sie sich nicht ausstrecken können, weder stehend noch liegend.
Sie wirkte völlig deplatziert in dem muffigen Erdloch: diese hübsche Frau in ihrem blauen Kostüm und den hochhackigen Schuhen, der Kopf kraftlos auf der Brust liegend. Ich befürchtete, sie könnte jeden Augenblick zur Seite kippen, doch sie blieb aufrecht sitzen.
„Hoffentlich muss sie hier nicht all zu lange bleiben.“
„Worüber machst du dir schon wieder Sorgen, Bastian? Dass sie ein, zwei Tage auf ihr goldenes Himmelbett verzichten muss?“
Ich musste künftig vorsichtig sein bei dem, was ich sagte. Jochen hörte sich immer mehr an, als würde er Geduld und Vertrauen verlieren.
„Je schneller ihre Alten bezahlen, desto schneller kommt sie wieder in ihre Seidenbettwäsche.“
Damit hatte er allerdings recht.
Wir sollten rasch weitermachen. Für unseren Trip in die Karibik. Und für Susanne.
Jochens Finger umschlossen den Rand der Falltür, er zog sie hoch und ließ sie dann mit einem lauten Rumms zukrachen.
Ich erschrak.
„Los“, sagte er. „Wir stapeln die Überreste der Dachziegel darauf.“
Er griff bereits nach den ersten und legte sie auf die Falltür. Ich tat es ihm gleich.
Danach zerrten wir Äste über die Dachziegel.

Probehalber zog Jochen dann noch einmal am Griff der Falltür. Sie wackelte zwar, aber ließ sich nun nicht mehr öffnen.
Wir glaubten nicht, dass es Susanne gelänge, von unten so stark dagegen zu drücken, dass sie sich befreien könnte.
„Okay", meinte Jochen schließlich. „Nächster Akt: Anruf bei Mama und Papa."

44. Kapitel

Wir fuhren zurück zur Autobahn. Während Jochen lenkte, sah ich zum Fenster hinaus und hing meinen Gedanken nach.
Es fiel mir schwer, Susanne hier im Wald alleine zu lassen.
Aber was sollte ihr schon passieren?
Bevor sie Hunger oder Durst bekäme, würden wir sicherlich zurück sein.
Und wilde Tiere könnten nicht zu ihr vordringen. Und überhaupt: Was für wilde Tiere sollten das in unseren heimischen Wäldern schon sein?
Ich erinnerte mich daran, dass letzten Sommer in der Region ein Wolf gesichtet worden war. Der erste seit mehr als einhundert Jahren.
Na ja, die Falltür würde er wohl eher nicht öffnen können. Aber was, wenn es Susanne doch gelang, die Tür hoch zu stemmen?
„Träumst du schon wieder, mein Freund?“
Mir fiel auf, dass Jochen die Formulierung 'mein Freund' inzwischen häufiger verwendete und auf eine merkwürdige Art und Weise betonte.
„Bald liegen wir am Strand im Sonnenschein. Um uns herum Karibikschönheiten mit prallen Möpsen. Dort brauchst du nicht mehr zu träumen, musst nur noch zugreifen“, sagte er und betätigte den Blinker.
Hier lag der erste Parkplatz, seitdem wir auf die Autobahn gefahren waren, und Jochen steuerte den Wagen darauf zu.
Als wir standen, zückte Jochen ein Handy. Wie ich erkennen konnte, handelte es sich dabei nicht um sein eigenes. Keine Ahnung, wo er es herhatte. Vermutlich irgendwo mitgehen lassen.
„Showdown“, sagte er und wählte eine Nummer.
Am anderen Ende der Leitung meldete sich jemand, Jochen schaltete auf Mithören.
„Wir haben Ihre Tochter“, meinte Jochen nur.

„Woher haben Sie diese Nummer?“, hörte ich eine männliche Stimme brüllen.
Aber Jochen ging nicht auf die Frage ein: „Hören Sie gut zu, Aurum. Wir haben Ihr Töchterchen und wenn Sie Ihre Kleine gesund und munter wieder haben wollen, dann tun Sie jetzt genau das, was ich Ihnen sage.“
Keine Reaktion.
„Haben Sie mich verstanden?“
„Woher weiß ich, dass Sie die Wahrheit sagen?“ Aurum hörte sich schon deutlich ruhiger an.
„Ihre Tochter wollte in der Mittagszeit nur kurz über den Rummel gehen, ist aber nicht ins Büro zurückgekehrt, richtig?“
Aurum brummelte irgend etwas.
„Wir haben sie. Und bislang haben wir ihr noch kein Härchen gekrümmt. Die Betonung liegt auf 'noch'.“
„Was wollen Sie?“
„Na, sehen Sie, wir sprechen die selbe Sprache.“
„Ich warne Sie. Wenn Sie meiner Tochter Leid zufügen, werde ich Sie zur Rechenschaft ziehen, höchstpersönlich.“
„Ich glaube, Sie sind nicht in der Position, Forderungen zu stellen“, Jochen machte eine kurze dramaturgische Pause, „wir schon.“
Jetzt schwieg Aurum. Es schien so, als sei er sich seiner misslichen Lage durchaus bewusst.
Jochen fuhr fort: „Oberste Regel: keine Polizei!“
Aurum meldete sich immer noch nicht wieder zu Wort.
„Wenn wir nur einen einzigen Menschen beobachten können, der auch bloß im Entferntesten wie ein Bulle wirkt, brechen wir das Ganze ab und Sie werden Ihre Tochter nie wieder sehen. Und glauben Sie mir, ich kann einen Bullen erkennen, auch wenn er Zivilkleidung trägt.“
„Keine Polizei“, wiederholte Aurum kleinlaut.
„Sehr schön.“
„Kennen Sie diesen Autobahnparkplatz?“, fragte Jochen und beschrieb ihm detailliert unseren Standort. Als Aurum bestätigte, sprach Jochen weiter: „In exakt zwei Stunden

werden Sie hier sein und Sie werden 300.000 Euro bei sich haben."
„So viel Bargeld ist schwer zu beschaffen in solch kurzer Zeit."
„Sie sind Bankdirektor. Sie schaffen das schon. Ich habe keinen Zweifel daran, dass Ihnen das Leben Ihrer Tochter diese Mühe und diesen Betrag wert ist."
Ich war überrascht, mit welcher Härte Jochen vorging. So resolut hatte ich ihn noch nie sprechen hören. Daher wunderte mich nicht, dass Aurum so rasch auf die Forderung einging: „Ich werde mein Möglichstes tun."
Dann schien er doch noch zu versuchen, das Steuer herumzureißen. „Woher weiß ich, dass meine Tochter überhaupt noch am Leben ist?"
„Da müssen Sie uns einfach vertrauen, Aurum. Sie wird es aber definitiv nicht mehr sein, wenn Sie in zwei Stunden nicht mit dem Schotter hier sind."
„Also gut", flüsterte Aurum.
„Noch etwas: Sie werden nicht über die Autobahn hierher kommen, sondern über das kleine Waldstück rechts neben dem Parkplatz."
Ich sah mir das Gelände an, das er meinte.
„Dort werde ich am Zaun stehen und das Geld in Empfang nehmen. Packen Sie es am besten in eine Plastiktüte. Zum Beispiel von Aldi, wenn Sie so etwas im Haus haben."
Jochen lachte über seinen eigenen Witz, aber mir war überhaupt nicht nach Frohsinn zu Mute.
Der Zaun, den er meinte, war ein Maschendrahtzaun, er trennte den Parkplatz von der Umgebung ab, etwa zwei Meter hoch. Kaum in kurzer Zeit zu überwinden.
„Falls Sie die Gegend hier nicht kennen, gucken Sie auf Google Maps nach. Dann werden Sie einen Weg finden, wie Sie sich dem Parkplatz nähern können. Und noch einmal: keine Polizei. Sonst ..." Er legte auf.
Jetzt verstand ich. Die Vorgehensweise sollte verhindern, dass Aurum uns mit dem Wagen folgen konnte. Bis er zurück zu seinem Auto kam, waren wir längst über alle

Berge.
Vorausgesetzt, er ließ tatsächlich die Polizei aus dem Spiel.
„So, mein Freund, nun zu dir."
Mir wurde flau im Magen.
„Ich werde nun zurück zur Aurum fahren und aufpassen, dass ihr nichts passiert. Du bleibst hier und nimmst die Kohle in Empfang."
„Ich soll zwei Stunden hier warten?"
„Kannst dich ja in die Wiese legen und träumen. Mir ist es inzwischen ehrlicherweise egal, ob von der Aurum oder von den Karibikschönheiten."
„Was meinst du?"
„Dass du dir meiner Meinung nach etwas zu viel Gedanken um unsere Bankierstochter machst."
„Ich möchte nur, dass ihr nichts passiert."
„Falsch!", unterbrach er mich scharf. „Du solltest wollen, dass alles glatt läuft und wir bald die Kohle in den Händen halten. Dir fehlt die Professionalität."
„Sagt der, der vorab nicht geprüft hat, ob die Hütte noch steht, in der er sich mal versteckt hatte, als er noch ein kleiner Scheißer war."
Jochen ging nicht auf meine Beleidigung ein, er blieb gefasst, so wie eben während des Telefonats.
„Bis jetzt hat alles wie am Schnürchen geklappt. Und ich werde nicht riskieren, dass der Plan wegen dir scheitert."
„Das wird er schon nicht. Hauptsache, du lässt Susanne in Ruhe."
„Susanne, Susanne, Susanne", äffte er mich nach. „Seit wir sie entführt haben, höre ich nichts anderes mehr von dir. Wenn du sie vögeln willst, hättest du es vorhin tun sollen. Glaube nicht, dass sie etwas dagegen gehabt hätte."
Am liebsten hätte ich ihm meine Faust in sein bescheuertes Grinsen geschlagen, aber ich beherrschte mich. Vielleicht wäre es am sinnvollsten, wenn ich ihm Entgegenkommen signalisierte. Das sollte die Situation entspannen und wäre vermutlich das Beste für Susanne.
„Also gut. Wir teilen uns auf. Aber ich fahre zu Susanne

zurück und du wartest hier am Zaun auf ihren Vater."
„Nein", sagte er sofort. „Ich traue dir nicht mehr. Du bist völlig besessen von der Tussi. Du kommst noch auf die Idee, dich von ihr belabern zu lassen und ihr die Falltür zu öffnen. Das kann ich leider nicht riskieren, mein Freund."
„Wie willst du das verhindern?"
Ich weiß nicht mehr, wo er sie herhatte, doch plötzlich hielt Jochen eine Pistole in der Hand.
„Damit", er entsicherte die Waffe und zielte genau auf meinen Kopf.
Ich schluckte.
„Und jetzt: aussteigen!"
„Und dann?"
„Wir machen alles so, wie ich es gesagt habe. Du wartest hier auf Aurum und ich passe auf, dass sich sein Töchterchen nicht befreit."
„Wehe, du fasst sie an!"
Sein breites Grinsen würde ich ihm schon noch austreiben! Aber im Moment konnte ich nichts tun. Inzwischen traute ich ihm alles zu. Auch, dass er abdrückte und das Ding alleine durchzog. Dann würde ich Susanne überhaupt nicht mehr beschützen können.
„Du kümmerst dich jetzt erst mal um die Kohle. Sobald du das Geld hast, siehst du es dir genau an. Nicht dass es sich um leere Papierblätter oder markierte Scheine handelt. Du rufst mich an und ich komme und hole dich und das Geld ab. Gemeinsam fahren wir zu deiner Liebsten und lassen sie frei. Okay?"
Ich glaubte ihm nicht. Aber ich hoffte.
„Okay?", wiederholte er lauter und schärfer.
„Okay", stimmte ich kleinlaut zu.
Dann stieg ich aus dem Wagen und er brauste davon.

45. Kapitel

Die folgenden zwei Stunden wurden zu den längsten meines Lebens.

Warum hatte Jochen das getan?

War es wirklich deswegen gewesen, weil ich zu viel Interesse an Susanne Aurum gezeigt hatte?

Oder hatte er diesen Ablauf bereits von langer Hand geplant?

Wozu genau hatte er meine Mithilfe eigentlich benötigt?

Hätte er das Ganze nicht alleine durchziehen können?

Susanne Aurum hätte er vermutlich nicht ohne mich entführen können. Ich stellte mir vor, wie er sie in ihrem betäubten Zustand alleine zum Auto hätte bringen wollen. Das hätte wohl nicht funktioniert, zumindest wäre es deutlich auffälliger gewesen.

Als Susanne Aurum auf der Rückbank des Golfs wach geworden war, hätte er auch Probleme bekommen, sich gleichzeitig um sie und den Verkehr zu kümmern.

Aber das entscheidendste Argument für meine Komplizenschaft kam mir erst, als ich das gefühlt tausendste Mal den Parkplatz auf und ab gelaufen war: Susannes Vater würde nach der Geldübergabe das Gesicht des Entführers beschreiben können; es würde meines sein, nicht Jochens.

Auf dieser Grundlage würde die Polizei eine Fahndung herausgeben. Vermutlich würden sie mein Konterfei an alle Flughäfen übermitteln, damit ich das Land nicht verlassen konnte.

Jochen würde ohne mich in die Karibik verduften und hatte das von Anfang an so geplant.

Ich zweifelte keinen Augenblick mehr daran und spann meine Gedanken weiter: Falls die Bullen mich schnappen würden, könnte ich ihn verraten, seine Identität preisgeben, sein Aussehen beschreiben und sein weiteres Vorgehen.

Dies könnte er nur auf eine Art und Weise verhindern: Er würde mich töten.

Vermutlich würde er mit mir zum Wald zurückfahren, um mich dort umzubringen. Die Polizei würde im günstigsten Fall ein paar Tage benötigen, um meine Leiche zu finden.
Jochen wäre dann längst in der Karibik und würde Cocktails schlürfen.
Und ob er Susanne dann am Leben lassen würde?
Der erste Mord dürfte am schwierigsten sein, danach würden die Hemmschwellen fallen.
Falls sie ihn doch noch erwischen würden, dürfte es ihm egal sein, ob er für einen oder für zwei Morde eingebunkert wurde.
Aber seinen Plan hatte ich bereits jetzt schon durcheinander gebracht. Sicher war er nicht davon ausgegangen, dass er mich mit Waffengewalt zwingen müsste, hier auf das Geld zu warten.
Nachdem er mir nun misstraute, würde er die Sache bestimmt früher zu Ende bringen wollen.
Verzweifelt überlegte ich und schob alles in Gedanken hin und her, nur um immer wieder zum gleichen Ergebnis zu kommen: Sobald ich ihm das Geld übergeben hatte, würde er mich töten.
Und ich hatte nicht mehr viel Zeit, eine gute Strategie auszutüfteln.

46. Kapitel

Die zwei Stunden waren inzwischen vorüber und trotz all meiner Überlegungen war mir keine Lösung eingefallen. Weder wie ich mein Gesicht vor Aurum verbergen, noch wie ich Jochen überlisten könnte. Zudem wanderten meine Gedanken immer wieder zu Susanne. Meine Angst um sie überlagerte meine Sorge um mich selbst.

Am Parkplatz dagegen war nicht viel los gewesen.

Insgesamt hatten nur drei Autos hier gehalten. Zwei Männer in Anzügen hatten die Gelegenheit genutzt, sich in den Büschen zu erleichtern; ein Ehepaar, dessen Wagen ein niederländisches Kennzeichen hatte, war ausgestiegen, um Dehn- und Streckübungen auszuführen. Sie alle hatten mir keine übermäßige Aufmerksamkeit geschenkt.

Ich lief immer wieder am Zaun auf und ab.

Wo blieb Susannes Vater nur?

Hatte er sich doch an die Polizei gewandt?

Auch dann wäre erst mal ich fällig und nicht Jochen. Wahrscheinlich hätte er im Gegensatz zu mir ausreichend Zeit, um zu flüchten, falls bei der Geldübergabe etwas schief liefe.

Ich lauschte, aber ich konnte kein Martinshorn hören. Doch die Bullen würden die Entführer damit nicht vorab warnen, oder?

Immer wieder blickte ich ängstlich zu der Parkplatzeinfahrt: niemand kam.

Auch im Unterholz jenseits des Maschendrahtzauns entdeckte ich keinerlei Bewegung.

Ein schlechtes Omen?

Oder hatte Aurum einfach länger benötigt, um das Geld zu beschaffen?

300.000 Eier in bar waren schließlich kein Pappenstiel. Auch nicht für einen Bankdirektor. Zwei Stunden waren wirklich knapp bemessen.

Aber der Zeitdruck, den Jochen aufgebaut hatte, war sicher

sinnvoll gewesen. So hatte Aurum kaum Gelegenheit, sich über etwas anderes Gedanken zu machen als darüber, wie er die Summe zusammenbekam.
Hinter einer Fichte machte ich eine Bewegung aus.
Nein, es handelte sich lediglich um ein Eichhörnchen.
Wieder blickte ich auf mein Handy: Aurum war nun fünfzehn Minuten über dem vorgegebenen Zeitpunkt.
Bald würde vermutlich Jochen von seinem bequemen und sicheren Standort aus nachfragen, ob alles in Ordnung sei.
Da drüben: Endlich tauchte Aurum auf!
Ein Motorengeräusch, das ihn angekündigt hätte, hatte ich nicht wahrgenommen. Das verwunderte mich angesichts der viel befahrenen Autobahn hinter mir aber auch nicht.
In einiger Entfernung stapfte Aurum durchs Unterholz. Er sah überhaupt nicht mehr wie ein feiner Herr aus und ich ertappte mich dabei, dass mich das freute.
Zur Anzughose weder Jacke noch Krawatte; das schneeweiße Hemd oben geöffnet und die Ärmel hochgekrempelt.
Als sein beleibter Körper ächzend näher kam, entdeckte ich, dass Aurum völlig nassgeschwitzt war. Auf seinem hochroten Kopf standen überall Schweißperlen. Mit dem Handrücken der Linken wischte er sich über die Stirn, in der Rechten hielt er tatsächlich, wie gefordert, eine Plastiktüte von Aldi.
Er schnaufte, als wäre er den ganzen Weg von der Bank bis hierher gerannt, doch vermutlich stand nur wenige Meter entfernt sein Wagen.
Hätte ich nicht gewusst, wie seine Villa und sein Lebensstil aussahen, hätte ich fast Mitleid mit ihm bekommen können.
Aber eines hatte ich mit ihm gemeinsam: Wir sorgten uns beide um Susanne.
Schnurstracks kam er auf mich zu und blieb auf der anderen Seite des Zauns stehen.
Er atmete schwer, seine Aussprache glich mehr einem Keuchen: „Haben wir vorhin telefoniert?“
Darauf ging ich nicht ein, sondern antwortete mit einer

Gegenfrage: „Sie haben das Geld?"
„Ja", bestätigte er. „Geht es Susanne gut?"
Ich nickte.
„War wirklich schwer, es zu beschaffen. Aber ich habe es genau so gemacht, wie Sie es gesagt haben. 300.000 Euro in einer Aldi-Tüte. Wo ist Susanne?"
Suchend blickte er umher.
„Nicht hier", enttäuschte ich ihn. „Geben Sie das Geld rüber."
Wir mussten uns beide strecken, damit er mir die Plastiktüte über den Zaun reichen konnte.
„Keine Tricks", sagte ich sicherheitshalber.
„Nein", bestätigte er ängstlich. „Keine Tricks. Ich habe keine Polizei hinzugezogen. Wie Sie es wollten. Bitte tun Sie meiner Tochter nichts."
Ich öffnete die Tüte, blickte hinein und entdeckte viele bunte Geldscheinbündel. So viel Schotter hatte ich noch nie auf einem Haufen gesehen. Das war schon ein anderes Ergebnis als das aus geknackten Zigarettenautomaten. Hauptsächlich 500- und 200-Euro-Scheine. Wahllos griff ich mir einen Packen heraus und blätterte ihn durch. Sah alles gut aus. Ich prüfte zwei weitere.
„Es ist alles damit in Ordnung. Keine Farbmarkierung oder ähnliches. Hören Sie, ich will einfach nur meine Tochter wiederhaben. Das Geld bedeutet mir nichts."
Sagte einer, der es im Überfluss hatte.
„Sie werden zurück zu Ihrer Frau fahren und weiterhin die Polizei aus dem Spiel lassen. Ihre Tochter wird in Kürze wieder bei Ihnen sein. Unversehrt. Ich verspreche es Ihnen."
Hatte ich das tatsächlich gesagt?
Konnte ich mir da so sicher sein?
Oder versuchte ich eher, mich selbst zu beruhigen?
„Und jetzt: Abmarsch!"
Seine Augen wirkten so, als wolle er noch etwas sagen, doch schließlich drehte er sich ohne ein weiteres Wort um und stapfte durchs Unterholz davon.

Nachdem er aus meiner Sicht verschwunden war, rief ich Jochen an.

47. Kapitel

Keine zehn Minuten später fuhr Jochen mit seinem Golf auf den Parkplatz. Er konnte unmöglich bei der Hütte im Wald gewartet haben. Wahrscheinlich hatte er unmittelbar an der nächstgelegenen Autobahnauffahrt ausgeharrt, um nach meinem Anruf möglichst schnell hier zu sein.
Ob er mich gleich hier erledigen wollte?
Was sollte ich tun?
Sobald er die Waffe zog, versuchen, sie ihm aus der Hand zu schlagen?
Würde ich schnell genug sein?
Er brachte den Wagen neben mir zum Stehen.
Rasch versuchte ich, die Situation zu analysieren.
Wenn ich die Beifahrertür öffnete, könnte er sofort herausschießen. Ich wäre unmöglich in der Lage, ihm rechtzeitig die Pistole abzunehmen.
Andererseits würde ich dann hier in der Wiese liegen, schwerverletzt oder tot. Jochen liefe Gefahr, entdeckt zu werden, bevor es ihm gelang, mich in den Kofferraum zu hieven. Einfach hier auf dem Parkplatz zurücklassen könnte er mich auch nicht. Vermutlich wäre sehr rasch eine Großfahndung im Gange, wenn jemand meine Leiche hier entdecken würde, oder?
Würde er dies riskieren?
So viele Gedanken. Durcheinander.
Ich beugte mich hinab und blickte durchs Fenster. Er würde hoffentlich nicht hindurch schießen. Es wäre auffällig, mit der zerstörten Scheibe weiterzufahren.
Jochen saß entspannt auf dem Fahrersitz, eine Hand am Lenkrad, die andere auf der Gangschaltung. Er sah zu mir und lächelte mich an.
Ich atmete auf: Gefahr schien im Augenblick keine von ihm auszugehen.
Als ich die Tür öffnen wollte, winkte er ab und stieg dann aus.

„Du fährst", sagte er über das Dach des Wagens hinweg. Wir gingen beide vorne um den Golf herum. Als sich vor der Motorhaube unsere Wege kreuzten, nahm er mir die Plastiktüte ab. Aus seinem Gesichtsausdruck wurde ich nicht so recht schlau, aber es lag nichts Gutes darin.
Warum wollte er, dass ich fuhr?
Welchen perfiden Plan verfolgte er?
Allerdings, so dachte ich mir, solange ich das Auto steuerte, könnte er schlecht auf mich schießen, wenn er nicht sein eigenes Leben durch einen Unfall in Gefahr bringen wollte.
Er könnte mich also frühestens um die Ecke bringen, wenn ich den Wagen stoppte. Vielleicht verschaffte mir das etwas Zeit, um mir endlich eine Strategie zu überlegen.
Ich stieg ein, schnallte mich an und drehte den Zündschlüssel.
Jochen, neben mir sitzend, öffnete die Alditüte und blickte hinein. Auf seinem Gesicht entdeckte ich ein zufriedenes Grinsen.
„Fahr los", befahl er und ich lenkte den Golf zurück auf die Autobahn.
„Wie geht es weiter?", fragte ich und versuchte ihm damit zu signalisieren, dass ich ihn nicht verdächtigte, mich um die Ecke bringen zu wollen. Außerdem hoffte ich immer noch, etwas über seine wahren Absichten zu erfahren.
„Bei der nächsten Abfahrt runter, dann zur Hütte. Wir müssen der Aurum Wasser dalassen, damit sie es noch ein, zwei Tage dort aushält."
„Ein, zwei Tage?", fragte ich verwundert.
„Na, so lange wir eben brauchen, bis wir in der Karibik sind. Sobald wir den Flughafen dort verlassen haben, rufen wir bei ihrem Alten an und sagen ihm, wo sie sich befindet. Die Aurum ist gerettet, der Alte hat sein Töchterchen wieder und wir lassen uns die Sonne auf den Pelz scheinen. Alle werden glücklich und zufrieden sein."
Er sagte es tatsächlich so, als entspräche es der Wahrheit. Was für ein Lügner!
Ich war mir sicher, dass er mich im besten Falle zu Susanne

in das Loch sperren würde. Aber ich befürchtete, zu viel über ihn und seinen Plan zu wissen, als dass er mich am Leben lassen könnte.

Außer … außer … er hatte von vornherein vorgehabt, alleine im Ausland abzutauchen. Vielleicht erzählte er mir die ganze Zeit von der Karibik und wollte in Wirklichkeit nach Brasilien, Neuseeland oder sonst wohin. Und ich sollte die Polizei im Anschluss auf eine falsche Fährte führen ...

Nein, ich musste mich auf das Schlimmste einstellen: Er würde mich im Wald erschießen, damit ich niemandem mehr von ihm erzählen könnte. Und – verdammt – Susanne hatte sein Gesicht gesehen, als sie auf der Rückbank wach geworden war. Das war auch ihr Todesurteil.

Unsere Leichen würde er in dem Loch unter der Hütte verrotten lassen. Vielleicht würde man sie erst nach Jahren finden.

Ich mochte gar nicht daran denken.

Wir verließen die Autobahn.

„Ich weiß nicht, wie ich zu der Hütte finde“, sagte ich. Jochen wies mir daraufhin den Weg, die Plastiktüte hatte er nun auf dem Schoß und seine Arme darum gelegt, als behütete er ein kleines Kind. Nichts, was darauf hindeutete, dass er bald eine Waffe ziehen könnte.

Während Jochen ruhig und entspannt auf mich wirkte, fühlte ich, dass mir selbst Schweißtröpfchen auf der Stirn standen. Meine Hände hielt ich fest auf das Lenkrad gedrückt. Sobald ich losließ, um die Gangschaltung zu betätigen, zitterten sie. Ob er es bemerkte? Ich ärgerte mich, dass ich mir solch eine Blöße gab.

„Hast du das Wasser schon besorgt?“, fragte ich ihn in Erinnerung an seine Worte von vorhin.

„Sechs Anderthalb-Liter-Flaschen. Das sollte ihr erstmal reichen. Habe ihr sogar ein paar Äpfel gekauft. Ist alles schon im Kofferraum. Wir werfen ihr das hinunter in den Keller, packen Äste und Steine auf die Falltür, damit sie sich nicht selbst befreien kann, und dann düsen wir sofort wieder los. Alles ganz easy.“

Er lotste mich von der Straße hinab auf den Waldweg und ich fragte mich erneut, wann er mich erledigen wollte.
Sobald ich anhielt?
Nein, als Ergebnis hätte er eine Leiche im Auto und der Wagen könnte danach Beschädigungen von der Kugel oder Spuren von meinem Blut aufweisen. Das könnte jemandem auf der Fahrt zum Flughafen auffallen.
Wenn ich ausgestiegen war?
Auch hier bliebe das Risiko, dass er mich danach in die Hütte transportieren müsste und dass von der Polizei Spuren auf dem Waldboden gefunden werden könnten.
Also frühestens in der Hütte, oder?
Es könnte sich anbieten, sobald ich die Falltür geöffnet hatte. Dann würde ich einfach in die Grube fallen. Klappe zu, Sebastian tot.
So würde zumindest ich es an seiner Stelle durchziehen.
Ich musste ihn also auf jeden Fall vorher überwältigen.
Die Minuten rasten dahin, während ich meine Gedanken immer wieder von links nach rechts und wieder zurück wälzte.
Bis wir schließlich die Hütte erreichten.
Sie lag genauso verwunschen und verwildert da wie bei unserem ersten Besuch. Nichts deutete darauf hin, dass hier jemand gefangen gehalten wurde.
Jochen stieg aus und ich folgte seinem Beispiel. Ich wandte mich nach hinten, zum Kofferraum.
„Wo willst du hin?“, wollte er wissen.
„Das Wasser und die Äpfel“, sagte ich. Woanders konnten sie schließlich nicht sein.
Als ich den Kofferraumdeckel öffnete, passierten zwei Dinge gleichzeitig: Ich entdeckte, dass der Kofferraum leer war – und ich hörte ein Klicken.
Jochen hatte seine Pistole entsichert. Wieder zielte er damit direkt auf meinen Kopf.
„Du hast gar kein Wasser gekauft“, sagte ich unnötigerweise.
„Kluges Köpfchen“, meinte er. „Und nun in die Hütte!“

Mit der Pistole deutete er in Richtung der halb verrotteten Holztür.
Ich wusste, ich hätte früher reagieren müssen. Jetzt war es zu spät. Er könnte einfach abdrücken. Ich hätte keine Chance mehr.
Resignierend drehte ich mich um und trottete zu der Hütte.
Tief in meinem Inneren nahm ich Abschied von dieser Welt.

48. Kapitel

Mit der Hand schob ich die Hüttentür auf. Sie knarzte.
Und sofort glitt mein Blick hinüber zur Falltür. Sie stand geöffnet. Warum?
Hatte Susanne sich befreit und war geflohen?
Für einen Augenblick hoffte ich und es fühlte sich gut an.
„Weiter", bellte Jochen hinter mir.
Die Falltür sollte er von seiner Position aus eigentlich auch sehen können.
Müsste er nicht überrascht sein, dass sie offen stand?
Meine Gedanken fuhren Karussell und meine Hoffnung zerbarst: Das hieß, dass Jochen die Hütte genau in diesem Zustand verlassen hatte. Aber wenn die Falltür nicht geschlossen war, bestand auch keine Fluchtgefahr. Und Wasser hatte er ja auch keines besorgt. Hatte er Susanne also bereits …?
„Weiter, sagte ich!" Jetzt drückte er mir den Pistolenlauf in den Rücken.
Susanne.
Lag sie bereits tot da unten in diesem Loch?
Die hübsche Susanne, tot, auf Staub und Dreck?
Zögerlich ging ich einen kleinen Schritt – und stieß an den Ast, der in die Hütte ragte und beim vorherigen Eintreten Susannes schönes Kleid zerrissen hatte.
Wenn ich den Ast nach hinten bog, wie bei unserem ersten Besuch?
Würde es Jochen auffallen?
Das könnte meine letzte Chance sein, das Blatt noch einmal zu wenden.
Ich ging weiter Richtung Falltür und schob den Ast möglichst unauffällig zur Seite. Als ich die Stelle, an der er durchs Fenster wuchs, passiert hatte, ließ ich los.
Das erste, was ich hörte, war ein lauter Knall. Ich stellte mich auf Schmerzen ein, doch ich verspürte keine. Sofort drehte ich mich um.

Jochen hatte zwar ohne zu zögern abgedrückt, aber der Ast war schneller gewesen, war direkt auf Jochens Arm geprallt und hatte diesen zur Seite gestoßen. Immer noch hielt Jochen die Pistole in der Hand, die nun links an mir vorbei zielte.

Er wirkte verdutzt. Ich musste handeln, jetzt.

Ich ballte die Finger zur Faust und schlug damit einfach von oben auf seine Waffenhand. Mit einem lauten Schrei ließ er die Pistole los.

Ehe er kapierte, was los war, warf ich mich auf ihn und wir stürzten zu Boden. Verzweifelt versuchte er, mich wegzustoßen, doch das Gewicht meines Körpers drückte ihn nach unten. Im Liegen holte er aus und boxte mir mit der Faust mitten ins Gesicht. Ich schmeckte Blut und fühlte Schmerzen in meiner Unterlippe, doch ich wich nicht zur Seite, sondern hielt mich weiterhin auf ihm. Er zappelte, wand sich, boxte und trat.

Ich dachte an Susanne und daran, dass er mich gerade eben skrupellos hatte erschießen wollen.

Das mobilisierte all meine Kräfte. Ich konzentrierte mich so sehr darauf, über ihm zu bleiben, dass ich nicht bemerkte, dass er die Pistole in die Finger bekommen hatte. Als ich es sah, konnte ich mich nur noch zur Seite werfen, um aus der Ziellinie zu gelangen. Erneut dröhnte ein Schuss, doch wieder hatte mich die Kugel verfehlt.

Dafür hatte ich nun mein Gleichgewicht verloren und Jochen versuchte, dies auszunützen und sich hoch zu stemmen, um in eine bessere Schussposition zu kommen. Schnell griff ich nach seiner Waffenhand, damit er die Pistole nicht mehr nach mir ausrichten konnte. Jetzt umklammerten wir beide den Schaft. Als Reaktion darauf wälzte er sich auf mich und wir drehten uns auf dem schmutzigen Boden der Waldhütte um uns selbst. Verzweifelt bemühte ich mich, ihm die Pistole ganz zu entreißen, und er tat das Gleiche.

Irgendwann löste sich ein dritter Schuss; Jochens Körper bäumte sich kurz auf und erschlaffte sogleich wieder.

Ich stieß ihn von mir und er kam auf dem Rücken zum Liegen. Brust- und Bauchbereich seines T-Shirts füllten sich mit Blut, seine Augen starrten zu dem Loch im Hüttendach. Eine Sekunde lang glaubte ich, noch Leben darin zu erkennen, dann wurde sein Blick leer.
Ich sah an mir hinab. Meine Kleidung war zerrissen, überall hatte ich Schürfwunden. Kleinere Stellen, die bluteten, aber keine schwerwiegende Verletzung.
Susanne!
Ich musste nach Susanne sehen!
Als ich mich erhob, schmerzte mich eine Vielzahl von Stellen und ich stöhnte auf.
Doch all meine Schmerzen stellten nur einen Bruchteil von denen dar, die mich erfüllten, nachdem ich zu dem Loch gehumpelt war und hineingesehen hatte.
Dort kniete sie, meine Susanne, angelehnt an eine der Seitenwände, damit sie nicht umfallen konnte, das Gesicht flehentlich nach oben gerichtet, in der Mitte ihrer Stirn ein Einschussloch.

Epilog

Wenn man einen Unfall hat, versagt sehr oft das Kurzzeitgedächtnis.
Man weiß beispielsweise noch, dass man in seinen Wagen eingestiegen und damit auf der Landstraße gefahren ist, jedoch nichts mehr von dem riskanten Überholmanöver, das man gewagt hat. Geschweige denn, dass man sich noch an das entgegenkommende Auto erinnert, das frontal ins eigene Fahrzeug gekracht ist.
Das Kurzzeitgedächtnis ist dann einfach gelöscht, wie die Festplatte eines Computers.
So fehlte mir immer noch das letzte Puzzlestück: meine eigene Schussverletzung.
Und doch glaubte ich, dass die Informationen noch irgendwo vorhanden waren.
Ich starrte an die Decke, während Bahr neben mir an meinem Krankenbett saß, und versuchte, sich mit mir zu unterhalten.
Er wusste, dass gesundheitlich nichts mehr gegen die Vernehmung sprach, und ich wusste dies auch.
Obwohl ich ihn hörte, verstand ich seine Worte nicht. Dennoch war mir völlig klar, was er von mir wollte.
Er wollte meine Version der Geschichte hören, der Geschichte, die nun endlich in mein Gedächtnis zurückgekehrt war.
Ich ignorierte Bahr. Nicht aus strategischen Gründen. Es interessierte mich einfach nicht mehr.
Dieser ganze Fall und seine Aufklärung.
Die Aurums. Das Lösegeld.
Mein Leben.
All das interessierte mich einfach nicht mehr.
Mein Leben war in dem Augenblick sinnlos geworden, als ich in das Loch hinab gesehen hatte.
Bahr wollte wissen, was genau in der Hütte vorgefallen war, in welcher Reihenfolge. Klar, das war sein Job. Er musste

klären, wer dafür verantwortlich war, dass Susanne Aurum …

Nein, natürlich hatte nicht ich die Waffe auf sie gerichtet und sie getötet.

Aber – auch wenn ich nicht selbst abgedrückt hatte - es war meine Schuld, nicht weniger als die von Jochen.

Hätte ich mich nicht auf diese unsägliche Dummheit eingelassen oder Jochen früher die Stirn geboten, wäre Susanne vermutlich noch am Leben.

Es war egal, ob Bahr mich für den Mörder hielt.

Und es war egal, wie mein weiteres Leben verlief.

Ich war bereits in meinem eigenen kleinen Gefängnis. Ein richtiges könnte meine Lage nicht verschlimmern.

Susanne.

Sie war tot.

Die einzige Frau, die mir je etwas bedeutet hatte.

Vielleicht wäre sie für mich stets unerreichbar gewesen, aber zumindest wäre mir die Hoffnung geblieben - und das Wissen, dass sie lebte und sich des Lebens erfreute.

In meinen Gedanken sehe ich sie nun nicht mehr lachen; sie sitzt für immer dort unten, in diesem engen, schmutzigen Loch, den toten Blick bittend nach oben gerichtet.

Ich hatte gefehlt.

In meinem Geiste kehrte ich zurück an den Ort und während Bahrs Fragen zu einem leisen Hintergrundrauschen wurden, gab mein Gedächtnis endlich auch die nächsten Sekunden frei.

In meiner Hand hielt ich immer noch die Pistole.

Die Pistole, mit der ich Jochen erschossen hatte.

Die Pistole, mit der Jochen Susanne erschossen hatte.

Es wäre das Einfachste, das alles jetzt und hier zu beenden und mich meiner Verantwortung zu entziehen.

Ich hob meine zitternde Hand und zielte auf meine Schläfe.

Dann drückte ich ab.

Liebe Leserin, lieber Leser,

wir Autoren leben nicht nur von dem Geld, das Sie für E-Book oder Taschenbuch bezahlen, wir leben auch von den Rückmeldungen zu unseren Werken.
So möchte ich Sie ausdrücklich dazu ermuntern, mich per E-Mail (mail@siegfriedlanger.de) oder via Facebook zu kontaktieren und mir zu berichten, wie Ihnen mein neuester Roman 'Aus dem Koma' gefallen hat.
Oder verfassen Sie einfach eine Rezension, zum Beispiel bei Amazon.
Herzlichen Dank dafür!

Falls Sie meine anderen Romane noch nicht kennen: Im Anschluss finden Sie noch eine kurze Leseprobe meines Romans 'Zwanzig Sekunden Ewigkeit' und Informationen zu 'Sterbenswort' und 'Nachschlag – Ich bin dein Herr und Mörder'.

Zu guter Letzt möchte ich mich an dieser Stelle bei meinen Testlesern Andreas Strehl, Dirk Müller-Hagen, Matthias Habenicht und Roland Huemer bedanken, bei Monika Reichert und Markus Collet für das Lektorat und bei Mike Beuke für die Gestaltung des Covers und die Konvertierung des Manuskripts.

Liebe Grüße aus dem Allgäu

Siegfried Langer

Leseprobe aus dem Roman 'Zwanzig Sekunden Ewigkeit' von Siegfried Langer:

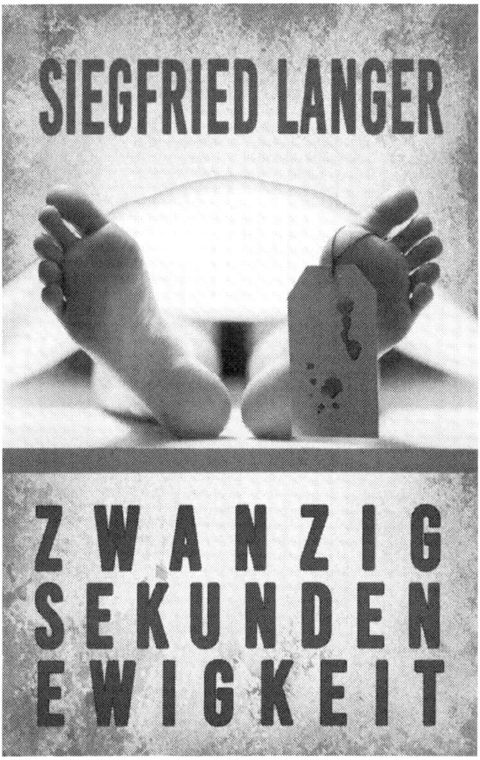

1. Kapitel

Alex erwachte.

Sie spürte, dass sie auf etwas Kaltem ruhte. Auch die Raumtemperatur lag deutlich unterhalb ihres Wohlfühlbereichs. Sie fröstelte.

Verunsichert öffnete sie die Augen, doch um sie herum herrschte Dunkelheit.

Wo, um alles in der Welt, befand sie sich?
Mit ihrer Hand tastete sie nach ihrer Kleidung und stellte fest, dass sie lediglich ein dünnes, ärmelloses Kleidchen trug. Viel zu wenig für diese Kälte. Eine Decke hätte ihr geholfen, doch sie lag einfach so, nur mit dieser knappen Bekleidung, auf einer glatten Oberfläche.
Als sie den Kopf drehte, entdeckte sie einen kleinen, roten Kreis, der schwach leuchtete.
Ob es sich dabei um einen Lichtschalter handelte?
Sie war ungeübt darin, Entfernungen abzuschätzen, und streckte versuchshalber den Arm aus.
Es schmerzte. So, als ob sie ihn lange Zeit nicht bewegt hätte. Und er war zu kurz. Es blieb ihr nichts anderes übrig, als zu versuchen, hinüber zu gehen.
Ihr gesamter Körper fühlte sich starr an; als habe sie überall Muskelkater. Leise stöhnend gelang es ihr, sich aufzusetzen. Ihre Beine baumelten, erreichten aber keinen Boden.
Sie wagte den Sprung und landete nach wenigen Zentimetern auf etwas ebenfalls Kaltem. Erst jetzt wurde ihr bewusst, dass sie barfuß war. Sie schüttelte sich. Mit den Zehen erfühlte sie Fugen und vermutete quadratische Fliesen unter sich.
Auf unsicheren Beinen schwankte sie vorwärts, bis sie den roten Punkt erreichte.
Tatsächlich: ein Knopf. Sie drückte darauf. Ein paar Sekunden lang flackerte das Licht, dann blieb es konstant und erhellte die Örtlichkeit.
Alex sah, dass sie in einem etwa zwanzig Quadratmeter großen Raum stand, die Wände im gleichen Grauton gestrichen, den die Bodenfliesen hatten. Kein einziges Fenster. In der Mitte stand ein zwei Meter langer Tisch aus Edelstahl. Auf der ihr gegenüberliegenden Seite sechs

überdimensionierte Schubladen, ebenfalls aus Metall und ins Mauerwerk eingelassen: drei nebeneinander, darunter eine weitere Reihe mit der gleichen Anzahl. Sie standen alle leicht geöffnet. An der rechten Wand ein Spind, an der linken ein Waschbecken.

Sie bemerkte, dass sich neben dem Lichtschalter eine Tür befand. Vorsichtig drückte sie die Klinke nach unten. Zu Alex' Leidwesen war sie verschlossen. Sie bückte sich und spähte durchs Schlüsselloch: alles dunkel.

Erneut musterte sie die Schubladen.

Leichen, fuhr es ihr durch den Kopf, hier werden Leichen aufbewahrt!

Sie ängstigte sich sehr vor dem, was sie in den Schubladen vorfinden würde, und doch übten diese einen Sog aus, dem sie sich nicht widersetzen konnte. Immer noch quälte sie jede Bewegung und so ging sie in kleinen Schritten um den Tisch herum.

Ihr Herz schlug schneller, aber sie nahm allen Mut zusammen und zog eine der sechs auf. Es quietschte leise, als das Metall der Schublade an dem der Führungsschiene rieb.

Leer.

Aber sie schien Alex tatsächlich groß genug, um einen menschlichen Körper darin zu lagern.

Sie widmete ihre Aufmerksamkeit den fünf anderen und stellte aufatmend fest, dass sich auch dort niemand befand.

Als sie sich umsah, entdeckte sie, dass unterhalb des Tisches etwas auf dem Boden lag, ebenfalls grau, wie die Fliesen. Ihre Muskeln taten weh und der Schmerz ließ sie aufstöhnen, während sie sich neugierig nach dem Gegenstand bückte und ihn aufhob. Er entpuppte sich als ein handtellergroßes Pappkärtchen, an dessen einer Ecke ein Draht befestigt war.

Blutstropfen klebten darauf, die einen Teil des Textes unleserlich machten:

Alex***** Wilke
Geb. 24.11.1982
Gest. **********

Ja, sie war Alexandra Wilke.
Aber sie war doch noch am Leben!
Hatte man sie für tot gehalten und hier unten aufgebahrt?
Das Kärtchen musste sie verloren haben, als sie vom Tisch gesprungen war. Vermutlich war es um ihren großen Zeh gebunden gewesen.
Immer wieder gab es Fälle von Scheintoten.
Nun war ihr so etwas passiert?
Oh, nein!
Sie musste unbedingt auf sich aufmerksam machen!
Ihr Körper verweigerte immer noch den Gehorsam. Ihr Kampf ums Gleichgewicht zwang sie, sich langsam zu bewegen. Sie wollte zurück zur Tür und schließlich erreichte sie ihr Ziel, ohne zu stolpern.
Mit ihren Fäusten schlug sie dagegen. Und sie schrie.
"Hallo?"
"Hört mich jemand?"
"Ich lebe!"
Abgesehen davon, dass ihre Stimme im Raum widerhallte, blieb ihre Aktion ergebnislos.
Sie hämmerte weiter. Bis ihre Fäuste schmerzten.
Sie rief weiter. Bis sie außer Atem war.
Dann sackte sie kraftlos vor der Tür zusammen.

© by Siegfried Langer

Lesen Sie weiter im Roman '**Zwanzig Sekunden Ewigkeit**'. Erhältlich als E-Book und als Taschenbuch (ISBN: 9783744839198).

Sterbenswort

von Siegfried Langer

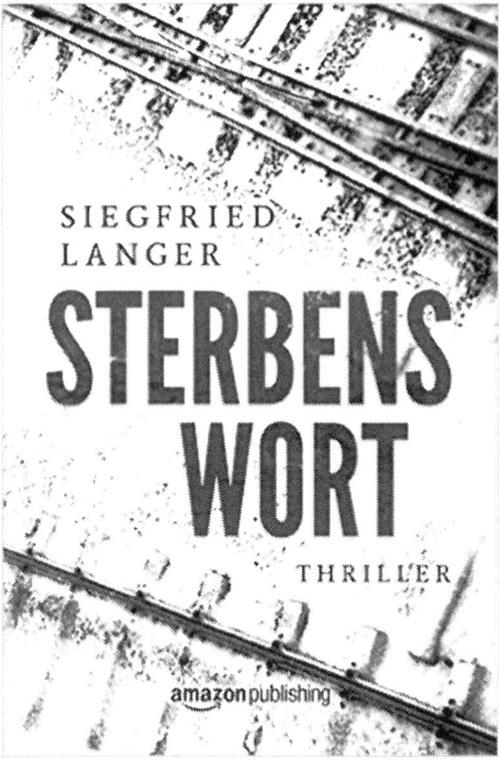

Zum wiederholten Male dringt jemand in Kathrins Abwesenheit in ihre Wohnung ein. Panik klettert in der jungen Mutter hoch.

Als dann noch ihre Tochter im Kindergarten von Kathrins totgeglaubtem Ex-Mitbewohner angesprochen wird, ahnt sie, dass etwas Schreckliches bevorsteht.

Wird die tragische Entscheidung, die sie und ihre Freunde damals in der WG getroffen haben, sie nun einholen?

Getrieben von Schuld und Rache beginnt ein dramatischer Wettlauf mit der Zeit, und zum ersten Mal in ihrem Leben muss sie die Kontrolle abgeben ...

Pressestimmen:

'Spannung bis zur letzten Seite!' (*Frau im Spiegel*)

'In *Sterbenswort* gelingt Langer ein Psychogramm des Schreckens, wobei der Autor fast ohne Blutvergießen seine Spannung aufbaut und hält. In leichtem, flüssigem Stil entwickelt Langer in dem Roman ein stimmiges Bild, das verdrängte Grauen dringt an die Oberfläche, ein Puzzleteil fügt sich zum anderen. Siegfried Langer gelingt es mit erstaunlicher Leichtigkeit, eine beklemmende Atmosphäre zu schaffen.' (*Gießener Anzeiger*)

Erhältlich als E-Book und als Taschenbuch.

Nachschlag – Ich bin dein Herr und Mörder

von Siegfried Langer

Bist du mutig?

Mutig genug, dich in ein Leben hineinzuversetzen, das dir fremd und bizarr erscheint?

Ein Leben, so viel anders als dein eigenes?

Ein Leben jenseits deiner Vorstellungskraft?

Könnte dein Arbeitskollege solch ein geheimes Doppelleben führen? Dein bester Freund? Dein Bruder?

Wage einen Blick in Kopf und Seele: Abgründe tun sich auf!

'Nachschlag' ist ein Thriller, der im Hier und Heute spielt, mitten in Deutschland.
Und dennoch führt er dich in eine parallele Gesellschaft.
In eine Gesellschaft der Obsession, der Sucht und des Verlangens.
Und doch auch in eine Gesellschaft voller Vertrauen, Hingabe und Liebe.

'Leben und leben lassen', so lautet hier die Devise.
Aber wehe dem, der an den Falschen gerät, denn es geht jemand um, der Leben nimmt.

Ist Björns Bruder Ole diesem Jemand ins Netz gegangen?
Seit Wochen hat sich Ole nicht mehr bei Björn gemeldet, sein Briefkasten wurde seit Tagen nicht geleert, die Lebensmittel im Kühlschrank sind verschimmelt.
Björn durchstöbert Briefe, Notizen, Visitenkarten.
Hilfreich wären die E-Mails seines Bruders; doch wie lautet das Passwort des Accounts?
Als er es endlich herausfindet, erfährt er Dinge aus dem Leben seines Bruders, die er nie für möglich gehalten hätte.

'Nachschlag - Ich bin dein Herr und Mörder'
Mehr als ein Thriller.
Geheimnisvoll. Hart. Erhellend.

Stimmen zum Roman:

„Ein etwas anderer Thriller des Autors, gewohnt temporeich

und spannend, fesselnd und manchmal düster. Ein Pageturner - empfehlenswert für Thrillerfans!“ (Martinas Buchwelten)

„Siegfried Langer ist mit „Nachschlag – ich bin Dein Herr und Mörder“ ein genialer Thriller gelungen, spannend und abgründig, ein echter Pageturner.“ (Seehases Lesewelt)

„So skeptisch ich anfangs angesichts der Thematik auch gewesen sein mochte - hier gibt es nichts Anstößiges oder Abstoßendes. Zwar werden auch einige sehr spezielle Vorlieben angeschnitten, doch ist das Ganze weniger voyeuristisch als eher um Verständnis und Toleranz werbend geschrieben. Auf diese Art präsentiert hat mir das Thema sogar gefallen .... insgesamt war es ein wieder einmal unterhaltsamer, spannender und interessant gestrickter Thriller aus der Feder Siegfried Langers. Gerne mehr davon!“ (Litterae Artesque)

Erhältlich als E-Book und als Taschenbuch.

33644412R00115

Printed in Poland
by Amazon Fulfillment
Poland Sp. z o.o., Wrocław